ALPHAPOLIS
WEB CITY SINCE 2000

超越者となったおっさんはマイペースに異世界を散策する5

A L P H A L I G H T

神尾優
Kamio Yu

JN044706

アルファライト文庫

主な登場人物
ニーア
明るく活発な、ぼくっ娘《こ》妖精。邪妖精とは一緒にしないで欲しい。
レミー
隣国《りんごく》出身のDランク冒険者で、隠密《おんみつ》行動に長《た》けた忍者。
ネイ
本名、橘翔《たちばなしょう》子《こ》。ヒイロと同時に召喚された勇者のうちの一人。
ヒイロ
神様から最強スキルを貰《もら》い、異世界を旅する42歳のおっさん。

クラリトス
バーラットの親友の息子。父の死をきっかけに男爵位《だんしゃくい》を継《つ》ぐ。
エンペラー・エンシェントドラゴン
独眼龍《どくがんりゅう》や神龍帝《しんりゅうてい》という名を持つ、最強最古の龍。
バーラット
SSランク冒険者。隙《すき》あらば酒に手を出す、困ったおっさん。
マスティス
バーラットになついているSSSランク冒険者。

第1話　後ろ髪《がみ》を引かれながらの散策《さんさく》

ある日突然、若者限定の筈《はず》の勇者召喚《しょうかん》に選ばれた冴《さ》えないおっさん、山田博《やまだひろし》四十二歳。

神様から【超越者《ちょうえつしゃ》】【全魔法創造《ぜんまほうそうぞう》】【一撃必殺《いちげきひっさつ》】という三つのチートスキルを与えられた彼は、ヒイロと名を改めて、異世界を旅することになった。

妖精《ようせい》のニーア、SSランク冒険者のバーラット、忍者のレミー、そして同じ日本人で勇者のネイとともに、ヒイロはホクトーリク王国の王都セントールへと呼び出される。

王都では、無差別に呪術《じゅじゅつ》をかけられるという騒動《そうどう》が起こっていた。

ヒイロは謁見《えっけん》した王からの依頼で、呪術のせいで臥《ふ》せっていた王女を治《なお》すことに成功し、さらには街中の患者《かんじゃ》を癒《い》やしていく。

一方その頃バーラット達は、騒動を解決するために王都を奔走《ほんそう》していた。

そうして調査の結果、呪術騒動の犯人である呪術士の一行が、明日にでも動き始めるという情報が判明するのだった。

「本当に、こんなことをしていていいんでしょうか？」

城を出て王都の市街を歩きながら、ヒイロは心配そうに呟《つぶや》く。

様々な店が道脇に並ぶ、レンガが敷《し》き詰《つ》められた大通りには、多くの人々が行き来している。

天気は良好で街の雰囲気《ふんいき》もいい。普段なら心躍《おど》るシチュエーションだが……王城で朝食をとっていたバーラット達と合流した際に、明日にも呪術士が動くと聞いたヒイロの心は、靄《もや》がかかったようだった。

「別に、兵士でもない俺達が今やれることはないからな。仕方ねぇだろ」

「そうそう。今から緊張《きんちょう》してたら、本番では気疲れしちゃうよ、ヒイロさん」

心配そうに眉尻《まゆじり》を下げたままのヒイロを、右隣《みぎどなり》を歩くバーラットが呆《あき》れたように見やると、二人の背後を歩いていたネイがヒイロの左隣に進んで肩を竦《すく》めた。

そんな二人に、納得いかない表情でヒイロが言う。

「でもねぇ……だからといって遊び回るのは違うような……」

「別に遊ぶつもりはねぇよ。明日に備《そな》えて必要な物の買い出しに来たんだからな」

そうのたまうバーラットだったが、彼の視線の先にあるのは常に酒屋だった。それに気付いたヒイロはバーラットにジト目を向ける。

「……お酒が敵の襲撃《しゅうげき》への備えなんですか？」

冷ややかなヒイロの言葉に、バーラットは目を奪《うば》われていた店から慌《あわ》てて視線を逸《そ》らした。

「いや、酒そのものを探《さが》してるんじゃないぞ。ポーションを置いている酒屋もあるんだからな」

「酒屋にポーションが？　本当ですか？」

　バーラットの話がたわごとではないかと訝《いぶか》しむヒイロに、彼らの背後を歩いていたレミーが答える。

「本当ですよ。そもそもポーションの原材料の薬草は苦くて、そのままでは飲みづらいので、色々な方法で飲みやすいように加工されています。そしてその中に、果実を使った物があるんです」

　振り向いたヒイロに向かって、人差し指を立てながら説明するレミー。ヒイロはかつて、ポーションの原液を涙目になりながら飲んでいた教会の司祭がいたことを思い出しながら頷《うなず》く。

「ふむ。果実の甘みで口当たりをよくするってことですか？」

「そんな感じです。ですが、果実を直接混ぜると日持ちが悪くなってしまうので、一度発《はっ》酵《こう》させて酒精《しゅせい》が含まれた果実を使うのが主流なんです」

「あー、なるほど。そういうわけですか」

　その説明で全てを理解したヒイロは、バーラットに視線を向ける。

「バーラットがポーションを使っているところを見たことはありませんが、もしかしてその酒屋の物も持ってるんですか？」

「当然だ。ポーションを常備《じょうび》してねぇ冒険者なんて、よっぽど貧困な初心者ぐらいだ。緊《きん》急《きゅう》時の保険として何本か持っとくのは冒険者の常識だな」

「……それを飲むんですか？　緊急時に？」

「ふん、ポーション程度の量で酔《よ》ったりなんかするかよ」

何が悪いとふんぞり返るバーラットと、冷ややかな視線のまま彼を見続けているヒイロ。

そんな二人の様子を笑いながら見ていたレミーが言葉を発する。

「でも、需要《じゅよう》はあるんですよ。アルコールで痛みが多少なりとも緩和《かんわ》しますから、愛飲《あいいん》してる人は結構いるんです」

「はぁ～……バーラットみたいな人が少なからずいるってことですか」

「ふふっ、薬膳酒《やくぜんしゅ》的な物と思えばいいじゃない」

ネイがヒイロを納得させるようにそう言って笑うと、彼は小さく嘆息《たんそく》するのだった。

ふいに、定位置であるヒイロの頭上で胡座《あぐら》をかいていたニーアが、何を思いついたのか口を開く。

「そういえばヒイロってポーション持ってたっけ？」

「ポーションですか？　持ってませんが」

「ええ～、持ってないの？」

「魔族の集落で買いましたけど……ＨＰポーションは味見で飲んでしまって、ＭＰポーションはこの間、ニーアに使ったじゃないですか。あれ以来買っていないんですよ。ＭＰは枯渇《こかつ》したことがありませんし、ＨＰはパーフェクトヒールでなんとかなっちゃいますからね、私の場合。ネイとレミーだって……」

持ってないでしょう、と続けようとして、ヒイロは二人に視線を向ける。しかし、ネイは腰のウエストポーチから、レミーは町娘のような服装の懐《ふところ》から、それぞれ小瓶《こびん》を取り出してヒイロに見せつけた。

「……皆さん持ってらっしゃったんですね」

「当然よ。私の場合、この間までソロだったんだもん。ヒイロさんみたいにＨＰ、ＭＰの量が化け物じゃないし」

「私も、保険は必要な立場ですから」

ネイとレミーがポーションをしまって苦笑《くしょう》すると、ニーアがバシバシとヒイロの頭を叩《たた》きながらまくし立てた。

「ほらほら、皆持ってるんだから、ヒイロも持ってた方がいいよ。それにヒイロが必要なくても、ぼくが必要になるかもしれないじゃないか。城で新しい魔法書を貰《もら》って使える魔法も増えたんだから、ＭＰが足《た》んなくなるかもしれないんだよ」

確かに、先日の妖魔との戦いで、ニーアは一度MP切れで昏倒《こんとう》していた。

今のニーアは魔力吸収効果のある指輪……といってもサイズ的に腕輪になっているが、それを着けている。そのため、魔力の供給源《きょうきゅうげん》となる自分と一緒にいる限り、そんな心配はないだろうとヒイロは思っていた。

しかしその一方で、あのようなことを二度と起こさないためにも、保険として必要な気がしてきていた。ヒイロは基本、心配性なのだ。

「そう……ですね。持ってて損《そん》はないでしょうし、せっかくですからポーションを買いましょうか」

「うん、そうしなよ。じゃ、すぐに買いに行こ」

ニーアに急《せ》かされて頷いたヒイロだったが、その目が街の店々を右往左往《うおうさおう》する。

「そういえば、ポーションってどこに行けば買えるんでしょうか?」

「基本は魔法が付与《ふよ》された小物なんかを売ってる雑貨屋か、冒険者ギルドでも売ってるが……酒屋でいいんじゃねぇか?」

「却下《きゃっか》です」

半笑いのバーラットの口から出た戯言《ざれごと》を一刀両断《いっとうりょうだん》し、ヒイロはキョロキョロと辺りを見回す。

八百屋《やおや》に肉屋といった食料品を扱《あつか》う店や飲食店とともに、武具防具の店や魔法屋などの一見物騒《ぶっそう》な店が一緒くたになって並んでいる、混沌《こんとん》とした街並み。そんな光景に違和感《いわかん》を抱《いだ》かなくなるほど、この世界に馴染《なじ》んでいることに思わず笑《え》みを零《こぼ》しながら、ヒイロは目的の店を求めて歩を進めた。

そうしてポーションを求めて彷徨《さまよ》っていたヒイロだったが、とある集団を見つけて立ち止まった。

第2話　予期せぬ再会

「だ、か、ら、まずは城に行くべきだろ！　買い物なんて後でもいいじゃないか」

「それは愚策《ぐさく》ですレッグス。いいものは見つけた時に買うべきなのです。後から戻ってきて売り切れていたら、後悔《こうかい》のしようもないじゃないですか」

「うむ、そうじゃな。城の王様は時間を置いても逃げんが、店の品物はなくなってしまうかもしれん」

「お前らなぁ……例の件はもう冒険者ギルドに承諾《しょうだく》の旨《むね》を伝えているんだから、俺達が行くことはギルドから城に伝わってる筈なんだ。王様達を待たせる気か！」

「レッグス、まぁ落ち着け。城に行く時間なんて決められてないんだろ。だったら、別に急ぐ必要はないんじゃないか」

　それは、遠目《とおめ》に見ても存在感が際立《きわだ》つほどの騒《さわ》がしい集団だった。

　先を急ごうとしている戦士風の男が、店の商品を欲しがる白いローブの女性と揉《も》めている。似合わないゴツいフルプレートメイル姿の小柄な少女が女性に加勢し、革鎧《かわよろい》を着込んだ軽装の男がその間に入って言い合いを宥《なだ》めていた。

「えっと……私の目は悪くなってしまったのでしょうか？　確かに、以前は近くの物がボヤけて見えることもありましたが、最近はそんなことなかったんですけどねぇ」

　こちらの世界に来て以来、身体能力を上げるスキル【超越者】のおかげですっかりなりを潜《ひそ》めていた老眼《ろうがん》が再発したかと、目をパチクリさせてその集団を見つめるヒイロ。

　そんな彼にバーラットは顔をしかめた。

「ふん、鍛《きた》え方が足りんから目がおかしくなるんだ……と言いたいところだが、確かに俺の目にもありえんものが映ってるな」

　見間違いだろうかと目を細めたことで、バーラットの厳《いか》つい顔が更《さら》に恐ろしいことになってしまっていた。

　それは、周りを歩いていた人が目を合わせないように遠く距離《きょり》を取るほどの凶悪さであったが、すっかり慣れてしまっているヒイロは気にせずに話を続ける。

「視力なんて、どうやって鍛えるんですか？」

「絶《た》えず戦いに身を置いておけば、目を酷使《こくし》せざるをえんからな。そうそう焦点《しょうてん》を合わせ辛《づら》くはならん……ううむ、なかなか消えんなあの幻覚」

「ってことは、最近老眼がなりを潜めていたのは、度重《たびかさ》なる戦闘で鍛えられていたんですかね……って、確かに消えませんね、あの幻覚」

「あっ、レッグス達だ」

おっさん二人の戯言に割って入ったニーアの一言で、二人の背後を歩いていたネイとレミーもヒイロ達の視線の先の存在に気が付く。

「レッグスさん達ですか？　あっ、本当ですぅ」

「誰？」

「あの、戦士の方がレッグスさんで、軽装の方がバリィさん。ローブ姿の女性がリリィさんでフルプレート姿の女性がテスリスさん。コーリの街の冒険者の方々で、知り合いなんです。ちなみにテスリスさんがBランクで、他の三人はAランクです」

四人と面識《めんしき》がないために不思議そうにしているネイにレミーが説明すると、バーラットが「ふむ」と顎《あご》に手を当てた。

「ニーアやレミーの目にもそう見えるってことは、あいつらで間違いないんだな」

「なんだ、やっぱりバーラットも自分の目に映ったものが信じられてなかったんじゃないですか」

若い二人の意見でやっと確信を得たバーラットに、ヒイロがニヤニヤしながら視線を向ける。

「仕方ねぇだろ。俺だってここにいねぇ筈のもんが見えたら、自分の目を疑《うたが》っちまう年頃なんだよ……しかし、なんであいつらがここにいるんだ？」

「ですねぇ。コーリの街の冒険者のトップランカーである彼らがホームを離《はな》れるってことは、ここに来るようなクエストを受けたってことでしょうか？」

「こんな遠くまで来なけりゃいけないクエストなんて、そうそうない筈だがなぁ……」

「分からなきゃ、直接聞けばいいじゃん」

悩《なや》むおっさん二人に焦れたようにニーアがそう言うと、ヒイロが難色《なんしょく》を示した。

「もっともな意見ですが、ここで私達と顔を合わせれば、彼らは明日からの厄介事《やっかいごと》に協力しようとすると思うんですよね」

「確かに。あいつらの腕を見くびるわけじゃないが、今回の件は国が対応しなければいけない案件だ。一介《いっかい》の冒険者が首を突《つ》っ込《こ》むには荷が重すぎる」

ヒイロの見解《けんかい》にバーラットも同意し、見つかる前にひとまずここを離れようとこっそり早足で来た道を戻り始めたのだが――

「はっ‼　ヒイロ様の気配がしますわ！」

言い争《あらそ》いの最中、突然身震《みぶる》いしながら叫んだリリィが、店の品物に向けていた視線を大通りの先へと移す。

「はぁ？」

突然の彼女の行動に、言い争っていたレッグスが訝しげにその視線の先を追うが、そこには行き交う人々の波があるだけだった。それもその筈で、彼らとヒイロ達の距離は既《すで》に百メートルは離れている。人混みの中、目的の人物を見つけるにはあまりに遠かった。

「一体、どこにいるんだよ」

「いや、いるぞレッグス」

額《ひたい》にひさしのように手を当てて同じ方向を見ていたバリィが【遠見《とおみ》】のスキルを使って、ようやく群衆《ぐんしゅう》の合間《あいま》にヒイロの姿を見つけた。

「バーラットさんや、ニーアちゃん、レミーちゃんもいる」

「なにぃ！　バーラット殿《どの》もいるのか！」

バーラットの名を聞き、テスリスがガシャガシャと鎧《よろい》を鳴らしながら飛び跳《は》ねるが、背の低い彼女は、その姿を捉《とら》えることができないでいた。

騒音《そうおん》を撒《ま》き散《ち》らすテスリスの行動は、周りの人々からすればかなり迷惑《めいわく》だったが、そんなことは気にも留《と》めずにヒイロ達の姿を追っていたバリィが眉《まゆ》をひそめる。

「ん？　知らない女の子が増えてるな」

「なんですって！」

兄であるバリィの言葉に過剰《かじょう》に反応して、リリィが横から彼の首を掴《つか》み、ブンブンと前後に振る。

「女性が増えているってどういうことですか！　まさか……新しいパーティメンバー？なんと羨《うらや》ましい！」

「ぐっ……がっ！　リリィ……やめて……」

「こうしちゃいられませんわ！　皆、行きますわよ」

脳を左右に振られて頭がクラクラしているバリィをリリィは投げ捨てる。そして、姿こそ見えていないがヒイロの気配をガッチリロックオンしている彼女は、欲しかったアイテムをそっちのけで走り出した。

「あっ、待つのだリリィ、私も行くぞ」

「バリィ、大丈夫か？　って、おい、待てよ」

走り出したリリィに、ガシャガシャと騒音を撒き散らしながらテスリスが続く。目を回して尻餅《しりもち》をついていたバリィを介護《かいご》していたレッグスは、彼に肩を貸して立たせてからその後を追った。

「ヒイロ様！　お待ちください！」

「あっ、気付かれた」

ヒイロの頭上で後ろを気にしてチラチラ見ていたニーアが、背後から迫《せま》り来るリリィの

姿にいち早く気付いて、他人事《ひとごと》のように呟く。その声に反応して振り向いたネイはギョッとした。

一見、淑女《しゅくじょ》のようなのにローブの裾《すそ》を捲《まく》り上《あ》げて必死の形相《ぎょうそう》で走ってくるリリィと、可《か》愛《わい》らしい顔立ちの下にフルプレートを着込んでガシャガシャと迫ってくるテスリス。その二人の姿に度肝《どぎも》を抜かれたネイは、そのまま困惑した顔をヒイロ達に向ける。

「何、あの人達！」

「あー、気にしないでください。彼らは騒がしいのが売りの冒険者ですから」

「そんなの売りにしてるわけねぇだろ。あいつらが騒がしいのは素《す》だ、素。しかし、なんで気付かれた？」

ヒイロのバカな発言に律儀《りちぎ》にツッコミながらも、バーラットが小首を傾《かし》げると、ニーアが「う～ん」と少し考える素振《そぶ》りを見せた後で口を開く。

「リリィはしばらくヒイロに会ってなかったからねぇ。ヒイロ特化型発見器官の感度が研《と》ぎ澄《す》まされてたんじゃない？」

「あっ、ありえますね。リリィさん、見た目は物静かで常識人に見えますけど、ヒイロさんのことになるととんでもない異常性を発揮《はっき》しますから」

ニーアの言葉にレミーが真顔で納得すると、ヒイロは困惑気味《ぎみ》に目を見開く。

「なんですか、そのとんでもスキルは！　もしかして私、リリィさんに魔法的な発信機でも埋《う》め込まれてたりします？」

「あはは、さすがにそれはないんじゃないかな」

早足で逃げながら不安そうに自身の体を見回すヒイロに、発信機という単語の意味が唯一理解できたネイが苦笑《にがわら》いで答える。そんな様子を、またバカなことをという目で見ていたバーラットだったが、嘆息しながら不意に早足の速度を緩《ゆる》めた。

「バーラット？」

突然、普通のペースに戻ったバーラットを不思議に思い、ヒイロ達が同じくスピードを緩めて見やると、彼は小さく肩を竦めてみせた。

「さすがにこの状況で知らないフリをして逃げるのは、かえって不自然だ」

「確かにそうですね。では？」

「事件のことは伏《ふ》せて適当にあしらってしまおう」

「それしかありませんね」

簡潔《かんけつ》に話をまとめるバーラットとヒイロ。そのまま決めた方針に従《したが》い、クルリと振り返ったところで――

「ヒイロ様〜！」

すぐ後ろまで迫っていたリリィが勢いを殺せずにヒイロに突っ込んできた。

「ややっ！」

反射的に身を翻《ひるがえ》してヒイロが躱《かわ》してしまうと、リリィはそのまま彼の後ろにいたネイに突っ込んでいった。

「……相変《あいか》わらずのフラグブレイカーぶりね。ヒイロさん……私、こういう趣味《しゅみ》はないんだけど」

ヒイロにスカされて自分に抱《だ》きついてきたリリィに若干《じゃっかん》の同情の念を抱きながら、ネイは頬《ほお》を引きつらせてそう零す。リリィはネイからゆっくりと離れて、体裁《ていさい》を整《ととの》えるように自身の衣服の乱れを直した後で、ニッコリと微笑《ほほえ》みながらネイに視線を向けた。

「私にもそんな趣味はありませんから、ご心配なさらずに……えーと……」

「ネイよ」

「あら、これはご丁寧《ていねい》に。私はリリィと言います。ヒイロ様にはこれまで大変よくしていただいていたので、ネイさんもよろしくお願いしますね」

言《い》い淀《よど》んでいるところにネイに簡単に自己紹介されたリリィは、友好的な笑みのまま自己紹介し返す。

そんな彼女の様子にネイは内心、舌を巻いていた。

(さっきの迫ってくる様子からは想像できないくらい丁寧な人ね……ヒイロさんってこういう娘に好かれる傾向があるのかな?)

この国の王女であるレクリアス姫とリリィの類似性《るいじせい》を考察しているネイ。それに対して当のリリィは……

（ヒイロ様とパーティを組めるなど、なんて憎々《にくにく》しい……じゃなくてとても羨ましい限りですが、仮にもヒイロ様が認めた方。仲良くなっておいて損はない筈）

そんなふうに、これからのネイとの付き合い方を即座に計算していた。

二人が表面上はにこやかに挨拶《あいさつ》を交わしている一方で、バーラットの方にはテスリスがやってきた。

リリィとは違い、その小柄で華奢《きゃしゃ》な体型からは想像がつかないほどの筋力でのフルブレーキに成功したテスリスは、バーラットの前でモジモジしている。

そして、鋼鉄《こうてつ》の手甲《しゅこう》で覆《おお》われた両手の指を忙《せわ》しなく絡《から》めながら、ゆっくりと顔を上げると、意を決したように口を開いた。

「バーラット殿……このような遠くの地で会えるとは、奇遇《きぐう》ですな」

「いや、コーリの街を出る時に俺達が王都に来ることは教えていた筈だが？　そこにお前達が来たんだから、会えたとしても奇遇でもなんでもないだろ」

「えっ！　あっ、そうでしたな。これは失敬《しっけい》。アハハハハ……」

緊張で口調《くちょう》が棒読《ぼうよ》みになってしまっているテスリスに、バーラットは呆れて返す。

その様子をチラリと盗《ぬす》み見ていたネイは、即座にテスリスがバーラットに気があることに気付いた。

それが異性に対するものか、父のような存在に対するソレなのかは分からないが、どちらにしても素っ気《そけ》ない対応から（やっぱり、ヒイロさんと同類じゃない）とバーラットに対して嘆息する。

「はぁ……はぁ……やっと追いついた……」

言葉を続けられずに忙しなく視線を泳がせるテスリスと、どう煙《けむ》に巻こうかと言葉を選んでいたバーラットのもとにレッグスとバリィが駆《か》けつける。

リリィ達がここにいる理由を聞きたかったが、テスリスとバーラットの雰囲気にさすがに口を挟《はさ》めなかったヒイロ。そこにやってきた、まともに話ができそうなレッグス達に向かってヒイロは口を開きかける。

「ヒイロ様、ご挨拶が遅《おく》れて申し訳ありません」

しかしそのタイミングで、ネイとの挨拶《あいさつ》を終えたリリィが、ヒイロの前に回り込んだ。

「えっ……あっ！　リリィさん、お久しぶりです」

レッグスに向かって声をかけようとしていたヒイロは、突然のリリィの登場に、慌てて言葉を返す。

「ええ、本当にお久しぶりです。お会いできて嬉《うれ》しいですわ」

「ははっ……相変わらずのようで何よりです」

「やっ、久しぶり」

少し皮肉を利《き》かせた挨拶を返すヒイロの頭上から、二人の会話に割り込んでニーアが手を振ると、リリィもニッコリと微笑んで「ニーアちゃんもお久しぶりです」と返事をした。

すっかりレッグスに話しかけるタイミングを逃してしまったヒイロだったが、彼の抱いていた疑問はバーラットによってレッグスに投げかけられた。

「で？　なんでお前らはここにいるんだ？」

「俺達……ですか？　俺達は国王陛下に呼ばれたんですよ」

緊張で硬直《こうちょく》しているテスリスの頭越《ご》しに投げかけられたバーラットの質問に、膝《ひざ》に手を当てて息を整えていたレッグスが顔を上げて答える。その言葉を聞いて、ヒイロはギョッと目を見開いた。

「王様に呼ばれたってまさか……」

もしかして今回の事件の収束のためにレッグス達も招集《しょうしゅう》されたのかと危惧《きぐ》したヒイロだったが、背中を突《つつ》かれ、咄嗟《とっさ》に口を噤《つぐ》む。

言葉を途中で呑《の》み込んだヒイロが振り返ると、レミーが口に人差し指を当てて沈黙《ちんもく》を促《うなが》していた。

「ヒイロさん。レッグスさん達が呼ばれた理由はまだ分からないのですから、余計なことは口にしない方がいいです」

レミーの小声での忠告に、ヒイロは口を手で覆ってコクリと頷く。

「ヒイロ様？　どうかなされたんですか？」

「いえ、なんでもないです」

突然黙《だま》ったヒイロへ不安げに問いかけてくるリリィに、取《と》り繕《つくろ》うように応える。そんな様子を横目で見ていたバーラットは、迂闊《うかつ》な仲間を持つと何かと気苦労が絶えないなぁと内心ため息をつきながら話を続けた。

「で、どんな用件で呼ばれたんだ？」

「それが……なんというか……」

「なんだ？　後ろめたい理由じゃないだろうな」

言いにくそうに言葉尻をすぼめていくレッグスに、バーラットは不審《ふしん》に思って言葉が荒くなっていく。

バーラットが強い口調になると迫力《はくりょく》はかなりのものになる。なまじバーラットの実力を知ってしまっているレッグス達にしてみれば、その威力《いりょく》は倍増し、全員が借りて来た猫のように身を竦めた。

そんなレッグス達の様子を見て、ヒイロは可哀想《かわいそう》になりバーラットに非難《ひなん》の目を向ける。

「バーラット……そんなに威嚇《いかく》しては萎縮《いしゅく》してしまって、話せることも話せなくなるじゃないですか」

「俺が悪いのか？　悪いのはさっさと理由を言わないこいつらじゃねぇか」

「だから、そんな口調では怖《こわ》がらせるだけだと言ってるんですよ。レッグスさん、怖がらなくてもバーラットは手までは出しませんから、安心して話してください」

バーラットを押しとどめて前に出たヒイロの言葉に従い、レッグスは恐る恐るといった感じで話し始めた。

「国王陛下から……俺とリリィ、バリィの三人に、Sランク昇格《しょうかく》の打診《だしん》があって、その面談のために来たんです……」

レッグス達の様子から、どんなマイナスな理由が出てくるのかと内心で固唾《かたず》を呑んでいたヒイロは、肩透《かたす》かしを食らってキョトンとしてしまった。

「……それが理由なんですか？　めでたい話ではないですか」

「いえ、それが……昇格理由が、魔族の集落でのゾンビプラントの件なんです」

「「「あー……」」」

何故《なぜ》レッグス達が言いづらそうにしていたのか、ようやく理解したヒイロとバーラット、ニーアの三人は、同時に曖昧《あいまい》な声を上げる。

魔族の集落での手柄は、ほとんどがヒイロ達のものだ。手柄を横取りしたような昇格に彼らが後ろめたさを感じていると知って、ヒイロは優《やさ》しくレッグスの肩に手を置いた。

「別にいいじゃないですか。あそこでレッグスさん達が奮闘《ふんとう》したのも事実なんですから。それに、私達の名前を出さないようにお願いしたのはこちらなんですし、気に病《や》む必要はないですよ。ねぇ」

ヒイロに話を振られたバーラットは、腕組みしながら頷く。ニーアもヒイロの頭の上で偉《えら》そうに「仕方ないなぁ」と同意してみせた。レッグス達は、三人の様子にホッと息を吐く。

「よかったっす。でも、俺達は最初は断《ことわ》るつもりだったんすよ」

気が軽くなっていつもの調子で話し始めたバリィに、ニーアが小首を傾げる。

「じゃあ、なんで受けたのさ？」

「ここに来られるからだよニーアちゃん。はっきり言ってリリィとテスリスに手を組まれたら、俺とレッグスでは止められないんだよ」

「あー、そんな理由で受けたんだ」

リリィはヒイロ、テスリスはバーラット目当てで昇格の話を受けたのだと知り、ニーアが呆れて言葉を返すと、レッグスは申し訳なさそうに頭を掻《か》いた。

「まぁ、理由は邪《よこしま》なんだけどね」

そう恥《は》ずかしそうに言って、レッグスはバーラットに向き直る。

「それじゃあ、受けた以上は陛下を待たせるわけにはいきませんので、俺達は王城に向かいます」

レッグスはヒイロ達に一礼して、まだ名残惜《なごりお》しそうなリリィの襟首《えりくび》を掴んで引きずるように歩き始めたのだが、そんな彼らをバーラットが呼び止める。

「おい、レッグス。今、王城に行っても国王には会えんと思うぞ」

「えっ！　なんでですか？」

驚《おどろ》きの表情で振り返るレッグスに、バーラットは人差し指で頬を掻《か》きつつ言いづらそうに言葉を続けた。

「ちょっと理由は言えんが、国王は今、忙しいんだ。二、三日すれば収束するだろうから、それまで宿でも取って大人《おとな》しくしてるんだな」

「そんな……」

「だったら、その間ヒイロ様と一緒に……」

「俺達は用事があるから、また後でな」

困り顔のレッグスとは対照的に嬉しそうなリリィの言葉を遮《さえぎ》り、バーラットはヒイロ達を促して踵《きびす》を返して歩き始める。

「ああ、ヒイロ様～」

背後から聞こえてくる悲痛《ひつう》な叫びに、さすがに可哀想に思ったネイがバーラットのそばに寄った。

「今日くらいは一緒に行動してもよかったんじゃないですか？」

「馬鹿、一緒にいたらヒイロが何を口走るか分かったもんじゃないだろ」

「私は結構、口は硬《かた》い方ですけどね」

バーラットの言いようにヒイロがムッとすると、その頭の上でニーアがニヤッと笑った。

「でも、ヒイロは気が緩むと結構迂闊なことをするよね」

ニーアの的《まと》を射《い》た言葉に、ヒイロを除《のぞ》いた三人は納得して重々しく頷くのだった。

第3話　術士、動く

「…………うん？」

ヒイロに逃げられたことで荒れたリリィのやけ酒に付き合わされた後、宿で寝ていたレッグスは、外から感じる異様な気配のせいで半《なか》ば強制的に目を覚《さ》まさせられた。

「一体、なんなんだ……」

抜け切らない酒がレッグスの意識を再び眠《ねむ》りへと誘うが、額に手を当てながら上半身を起こした。

今までに感じたことのない、不安を煽《あお》る気配。それに対する危機感の方が眠気《ねむけ》に勝ったのだ。

レッグスは頭を振りながらベッドを降り、月明かりが差し込む窓を開けた。

彼らの泊まっていた部屋は二階。そこから見下《みお》ろすと、宿の前の大通りを異様な者達が歩いていた。

月明かりと大通りに設置されている街灯《がいとう》に照《て》らされていたのは、ボロボロの服を身に纏《まと》った、土気色《つちけいろ》の肌をした集団。

ゾンビ！　いやグール!?

眠気が吹き飛んだレッグスの頭にそんな言葉が浮かんだ時、隣《となり》から声が聞こえた。

「アンデッドの類《たぐい》ではなさそうですわね……いえ、死体には違いないようですが、胸の辺りからおかしな魔力を感じます」

そちらに目をやれば、右隣の部屋の窓からレッグスと同じく下を見下ろすリリィがいて、彼の考えを見透《みす》かしたかのように冷静に言う。

「死体が歩いているのに、ゾンビやグールじゃないのか？」

「うん、違うな。奴らの胸に変なのが付いてる」

リリィに向けて放ったレッグスの疑問に答えたのは、レッグスの左隣の部屋の窓から【遠見】のスキルを使って下を見ていたバリィだった。彼は目を細めながら話を続ける。

「髑髏《どくろ》の体を持った蜘蛛《くも》……かな。リリィがそいつらから魔力を感じてるなら、アレが死体を操《あやつ》ってるってところだろ」

「髑髏の蜘蛛？　そんな魔物、聞いたことないぞ」

「あの魔力の感じ……魔法生物の可能性がありますね」

リリィが淡々《たんたん》と推測を述べると、記憶を探っていたレッグスは怪訝《けげん》そうに眉をひそめた。

「……誰かが意図的にこの状況を作ったってことか。これってまずいんじゃないか？」

「だろうな。死体を操って街をただ練《ね》り歩かせるだけなどと、馬鹿げたことをする奴なんておらんだろ」

顔を引きつらせるレッグスに、リリィの向こう側《がわ》の窓からいつのまにか顔を出していたテスリスが苦笑いで答える。

「ってことは、こいつらがこれから起こそうとしているのは……」

「「「惨劇《さんげき》」」」

レッグスの疑問に、他の三人の声がハモった。

普段、ふざけていて頼《たよ》りないように見えるが、彼らは曲《ま》がりなりにもAランクとBランクの冒険者。危機管理能力も洞察力も、肩書きに見合ったものを持っている。

そんな彼らが今の状況を危機的状況だと判断した。

「こうしちゃいられないじゃないか！」

「ギルドからクエストが出てるわけじゃないけど、動くのか？」

慌てているところへ冷静にバリィに言われたレッグスは、わずかに笑みを浮かべて肩を竦めた。

「こんな状況で自分可愛さで引っ込んでいたら、バーラットさんやヒイロさんに合わす顔がなくなるぞ」

「違いない」

「当然です」

「確かに」

ヒイロに出会う前の彼らなら、そんな判断は下していなかったかもしれない。

しかし、ヒイロの人柄に当てられ、すっかり感化されてしまっているレッグスの言葉に、テスリス、リリィ、バリィは笑いながら同意し、四人は準備すべく一斉に部屋へと引っ込んだ。

「ふむ、このくらいあれば問題ないですね」

城に用意された、シングルベッドと机と椅子《いす》が壁際《かべぎわ》に一組あるだけの、十畳《じゅうじょう》ほどの広さの簡素《かんそ》な寝室。そのベッドに腰掛けたヒイロは、床の上に積《つ》み上げられた六つの箱を前に満足そうに頷く。

箱の中身はポーション。

ＨＰポーションが三箱、ＭＰポーションが三箱で、一箱にそれぞれ二十四本ずつ入っている。

ヒイロは備えはこれで十分だとホクホク顔だったが、箱の縁《ふち》に降り立ったニーアが、「う〜ん」と考えた後で苦笑いしながら彼を見る。

「……やっぱり、ちょっと多くない？」

「ニーアも買う時は賛同してくれたじゃないですか」

ニーアの非難にも似た言葉に、ヒイロは困り顔で答えた。

店でヒイロがこのくらいと指示した時、バーラットやレミー、ネイは明らかに呆れていた。

しかし逆にニーアは、この量を買おうとしていたヒイロをその場のノリで後押ししていたのだ。

だが、落ち着いて見てみると、やっぱり多かったかなと彼女は思い直したらしい。

「まぁ、ノリで言ってた感はあったかな」

「ノリでって……確かに私も、資金の余裕からくる購買熱《こうばいねつ》に乗ってしまった感は否《いな》めませんが……まあ、時空間収納に入れておけば劣化《れっか》することもありませんし、問題はないですよね」

「そうか……そうだよね。問題ないか」

また変なことをしてしまったんじゃないかという不安が頭をもたげたヒイロだったが、あっさりと切り替える。

しかし本来、冒険者のポーション大量購入《こうにゅう》はまずあり得ない。運搬《うんぱん》方法や、劣化する前に使い切れるのかなどの問題が生じるからだ。

ところが時空間収納でそれらの問題を全て解決できてしまうヒイロは、その異常性に気付くこともなく、ポーションが入った箱を仕舞い始めた。

するとそこで、廊下《ろうか》が騒がしいことに気付き、ヒイロは怪訝な顔でドアへと視線を向けた。

騒がしさの正体《しょうたい》は廊下を早足で行き来している人々がいるからだろうと、足音と【気配察知】の反応で判断したが、ヒイロは小首を傾げる。

時間は日付が変わった頃。バーラット達は今日起こるであろう事件に備えて寝ているから、外にいるのは彼らではない筈。

そんなことを思いながらポーションの箱を仕舞い終えたヒイロは、自分の肩へと移動していたニーアへと振り向く。

「なんだか、騒がしいですね」

「そうだね、こんな夜更《よふ》けになんだろ？」

「随分《ずいぶん》と人が行き来してるみたいですが……」

言いながらヒイロは立ち上がり、ドアまで近付くとゆっくりと廊下に出た。

廊下では、兵士達が慌てた様子で引っ切りなしに行き来している。

ヒイロに用意されていた部屋は本来、兵士用の休憩室《きゅうけいしつ》だった。そのことを知っていたヒイロは、廊下を兵士が歩いていることは不思議に思わなかったが、それでも彼らの焦《あせ》っている動きに疑問を抱いた。

「あの、どうしたんですか？」

ヒイロが遠慮《えんりょ》がちに一人の兵士に声をかけると、その兵士は足を止めずに怒鳴《どな》るように答える。

「城下町で敵襲です！」

ドップラー効果を効かせながら走り去っていった兵士の言葉に、ヒイロはニーアと顔を見合わせた。

「敵襲!?」

「確か、術士が攻《せ》めてくるのって……」

ヒイロの驚きの声に、ニーアは視線を上に向けて記憶を巡《めぐ》らせる。

「今日……かな。まだ、今日になってそんなに時間経《た》ってないと思うけど」

「そんなにすぐに行動ですか？　敵さん張り切りすぎです！」

あまりの突然さに驚き慌てるヒイロ。どうするべきか右往左往し始める彼の背後に、いつのまにかバーラットが立っていた。

「落ち着け、ヒイロ」

自身の前を行ったり来たりするヒイロの頭をむんずと掴んで、バーラットは眠そうな目を向ける。呑気《のんき》にしか見えないバーラットの態度に、ヒイロは頭に置かれた手を払いのけてまくし立てた。

「バーラット、これが落ち着いていられますか！　敵が攻めてきてるんですよ」

「だから落ち着けってんだ。敵の目的は王族。つまりここってことだろ。街で騒ぎを起こしてるやつは陽動《ようどう》だ。大方、戦力を街に集中させておいて、こっちの守りを薄くしようって魂胆《こんたん》だな」

顎に手を当てて相手の意図を分析するバーラット。信用する彼の落ち着き払った姿に、まだ慌てるほどの状況ではないのだなと判断したヒイロは、少し落ち着きを取り戻しながらも反論する。

「確かにそうかもしれませんが、この兵士さん達の慌てようから察するに、被害は小さくはないんじゃないですか？」

「う～む、そうだな。敵の戦力は少ないと踏《ふ》んでいたんだがなぁ」

目立った戦力は術士だけだと思っていたバーラットは、街を混乱させるだけの戦力が相手にあったのかと、顔に困惑の色を滲《にじ》ませる。

と、そこへ各々の部屋から、いつもの装備《そうび》をしっかり着込んだネイとレミーが姿を現した。どうやら騒ぎには気付いていたものの、着替えていたために出てくるのに手間取ってていたようだ。

「おう、お前らも来たか」

「そりゃあ、これだけ騒がしかったら……って、バーラットさん、なんて格好をしてんのよ！」

仁王立《におうだ》ちの格好で気軽に手を上げたバーラットに反射的に答えたネイだったが、彼の姿を見て露骨《ろこつ》に顔を歪《ゆが》める。レミーなどは、一瞬見てすぐに顔を背《そむ》けていた。

ヒイロはまだ着替えていなかったからいつもの姿だったが、ベッドでグッスリと寝ていて気付いた時点ですぐに出てきたバーラットは、シャツに猿股《さるまた》姿だった。

「おっと、レディの前で晒《さら》すような姿ではなかったな」

「少なくとも、そんなドレスコードが通用する場所なんてないわよ」

「違いない」

ネイの皮肉にバーラットは豪快《ごうかい》に笑う。そして、ひとしきり笑った後で真顔になった。

「街への対応は、一般の守備兵を出動させることで対応するみたいだな。近衛騎士団《このえきしだん》は動かさんだろうから、守りに関しては問題ないとは思うんだが、敵の出方が分からん以上、城《ここ》から離れるのは得策《とくさく》ではないんだがなぁ……」

考えながらそこまで言って、バーラットはヒイロを見る。

ヒイロはバーラットの意見を聞きながらも、ソワソワと街の方に視線を向けていた。

（本来なら、レミーだけを行かせて街の様子を探らせるのが最善なんだが……ヒイロがこうも集中力を欠いてしまっていては、使い物にならんな）

そう考えてバーラットは盛大《せいだい》にため息をつく。

「ヒイロ。お前はネイ、レミーと一緒に街に行ってこい。ただし、街の混乱が他の連中で対応できると判断したら、すぐに戻ってこいよ。守らなければいけないのはこっちだ。そこを間違うな」

ヒイロ一人では、街の状況によっては解決しようとその場にとどまるかもしれない。そうなってしまえば敵の思う壺《つぼ》だ。そう考えたバーラットは、ネイとレミーを付けることにした。

いくらヒイロでも、街にとどまることは得策ではないと二人から言われれば、多数決に従うだろうと判断したのだ。

「えーと、ぼくは？」

名前を呼ばれなかったニーアが、ヒイロの肩の上で困惑気味に自分を指差す。

「ニーアは俺と一緒にいてくれ。もし、こっちに異変が起きたらすぐにヒイロのもとに飛んでもらいたいんだ」

バーラットから連絡係の役職を与えられ、ニーアはムッと頬を膨《ふく》らます。

「えー、せっかく新しい魔法を覚えたのに、なんでぼくが使いっ走りをさせられるのさ」

「ここに一人残って、対処できねぇような化け物が現れたら俺が死んじまうだろ。ニーアだけが俺の命綱《いのちづな》なんだ、頼むよ」

実際は、自身の保身のためにニーアを行かせないわけではなく、彼女まで行ってしまうと、多数決が二対二になりかねないと危惧しての判断だった。しかしバーラットに懇願《こんがん》され、ニーアは「仕方がないなぁ」と満更《まんざら》でもない様子で彼の肩へと飛び移る。

バーラットはニーアの扱いに大分慣れてきていた。

「じゃ、ぼくはバーラットと留守番《るすばん》してるから。ヒイロ、気をつけてよ」

「分かりました。ニーアも無理をしないでください」

心配の声にニーアがサムズアップで応えると、ヒイロはネイとレミーへと視線を向ける。

「さぁ、行きましょう」

「えっ！　どこに？」

勝手に話を纏められ、話が見えずに困惑するネイの腕を、部屋の中にいた時から【聞き耳】のスキルで会話の内容を聞いていたレミーが掴む。

「街に行くんです」

ヒイロの後を追ってネイの腕を引きつつ走り出しながら、レミーは彼女に説明し始めるのだった。

「つまりは、敵の陽動にハマりに行くってわけね」

レミーから全てを聞いたネイは、城から城下町へと続く下り坂を走りながら、前を行くヒイロの背中を呆れて見つめた。

「そんなことを言われても、街が襲撃を受けているのは事実。放っておくわけにはいかないでしょう」

後ろを振り返り緊迫《きんぱく》した面持《おもも》ちでそう語るヒイロを見て、ネイは小さくため息をつく。

「分かってる。私だってそんな状況でジッとなんてしていたくないもん」

助けられるものならば助けたい。そこはヒイロと同意見のネイだったが、それと同時に、あえて敵の術中にハマるべきではないと考えたバーラットの気持ちも汲《く》み取《と》っていた。だから、バーラットが自分に期待したであろう役割を果たすべく、言葉を続ける。

「でも、街の騒動がその場の人達で対応できそうなら、すぐに引き返すわよ」

「ええ、敵の目的はあくまで王族の方々。わざわざ思惑《おもわく》にハマって長居するつもりはありません」

ネイの念押しに重々しく頷くヒイロに対し、ネイは本当かしらと苦笑いを浮かべた。

二人が走りながら意思確認を行っている間も、レミーは冷静に街の気配を探る。まだ視《し》認《にん》できる距離ではなかったが、レミーは街で行われている複数の戦闘の気配を感じていた。

（……何箇所《なんかしょ》かで戦闘が行われてるみたいですが、これは……一体何と戦っているんでしょうか？）

戦闘を行っている気配のうち、一方が人間であることはわかった。しかし、肝心《かんじん》の相手の気配が、どうしても今までの経験に照らし合わせても出てこない。

（魔物……ではないですよね。この禍々《まがまが》しい気配は自然の摂理《せつり》から反した生き物でしょうか？　人工の生物？　……ん!?）

考えを巡らせていたレミーだったが、背後からの気配に邪魔《じゃま》され思考を一旦《いったん》中断する。

「ヒイロさん、背後から誰か迫ってきます」

「えっ？」

自分の好奇心を抑《おさ》え、斥候《せっこう》としての役割を全うしようと発したレミーの忠告に、ヒイロは戸惑《とまど》いの声を上げた。

今のヒイロ達は、一番足の遅《おそ》いネイのスピードに合わせて走っているのだが、それでも並みの速さではない。そんな自分達に一体誰が迫っているのかと戸惑うヒイロの耳に、ドドドドドッ！　という地鳴りのような音が入ってくる。

まるで雷鳴《らいめい》のごとき爆音《ばくおん》を聞いて、ヒイロの顔が引きつった。何故なら彼には、その音に聞き覚えがあったからだ。

「この音は、もしや……」

馬車馬のように働いた死の二日間を思い出しながら振り返るヒイロの目に、自身が巻き上げる砂煙《すなけむり》をバックに迫ってくる白い集団が映った。

白の布地に金の刺繍《ししゅう》が施《ほどこ》された見事なローブを着込んだ女性を先頭に、簡素な白色のローブを着た若者達の集団が突進してくる。

「ははは……なるほど。街で怪我人《けがにん》が出る可能性があるなら、あの人が黙っているわけはないですよね」

ヒイロが乾《かわ》いた笑いを顔に貼《は》り付けているうちに、白い集団はとんでもない速さでヒイロ達の横に付く。

「ヒイロ殿！　貴方《あなた》も街へ救援《きゅうえん》に行くんですか？」

そう声をかけてきたのは、宮廷魔導師のテスネストだった。

「まあ、そんなところです。テスネストさんは……怪我人の救助ですよね」

淑女らしい見た目ながら、その全てをかなぐり捨てるようにローブの裾を両手で捲し上げて爆走《ばくそう》してきた彼女に、ヒイロは驚きを内に秘めつつ表面上は和《なご》やかに答える。

すると、テスネストもニッコリと笑い返してきた。

「ええ、弟子《でし》達も連《つ》れてきましたし、私がいる限り怪我人を死なせたりはしません！」

テスネストは笑顔のまま力強く答えると、「それでは、怪我人が待っていますので」と会釈《えしゃく》し、あっという間に街の方に走り去っていった。

「…………なんです、今の？」

テスネストと初対面のレミーは、その様子をアングリと口を開けて見送っていたのだが、やがてしぼり出すようにそう口にした。

「パワフルな人でしょ」

「えっと……魔道士に見えましたけど、なんですかあのスピードは！」

平然と言葉を返してきたネイに、レミーは前方を指差しながら追加の情報を求める。すると、ヒイロが苦笑しながら口を開いた。

「う〜ん、あの人は患者がいると分かると、火事場のなんとやらを解放できるようですから……」

「火事場の⁉　それって、どんな力なんですか？」

忍者として限界まで身体能力を高めてきたレミーが、未知の力の解放方法があるのかとヒイロのボケに真面目《まじめ》に食いつく。レミーが素早く反応したために突っ込み損《そこ》ねたネイは、出かかったセリフを音にできずに苦笑いのまま口をパクパクさせていた。

「うーん、火事場のなんとやらと言うのは本来、血筋に起因していて、危機的状況なんかの時に都合よく発動……」

「ボケにそれらしい解説を付けないの！　レミーが本気にしたらどうするの！」

ヒイロの悪ノリに、ネイは今度は遅れることなく突っ込んだ。

第4話　開戦

「これは……」

街に辿《たど》り着いたヒイロは、思っていた以上の状況に絶句《ぜっく》していた。

街を彷徨《さまよ》っているのは、ボロボロの衣を身に纏った、血の気《け》のない肌をした人々。

彼らは碁盤《ごばん》の目のように整備《せいび》された道を蟻《あり》みたいに行列で歩き、列から離れたと思ったら、それぞれが家々のドアを体当たりでぶち破《やぶ》って中に侵入《しんにゅう》していっている。

その虚《うつ》ろな目や土気色の肌、意思を感じぬ動きは、ヒイロの目には生きている人間には映らなかった。もし、家の中に住人がいたのなら、見るからに恐ろしい招《まね》かれざる客の強引な登場に、あちこちから悲鳴が巻き起こっていただろう。だが、幸いなことにそんな様子はなかった。

ヒイロがこんな光景を見て先走らなかったのも、【気配察知】で家の中からの反応が感じられなかったからだ。

「この辺りの避難《ひなん》は完了してるみたいですね。城から出動した兵士の皆さんは、避難しきれていない地区に続く道に防衛線を張ってこの者達の侵入を防ぎ、その間に住民を避難させることを優先してるようです」

目を瞑《つむ》り精神を集中させながら、【気配察知】の効果範囲を街全体に広げているかのようなレミーの報告に、ヒイロはホッと胸をなでおろす。しかし、続くレミーの言葉で、すぐさま体を硬直《こうちょく》させた。

「——でも、防衛線を張り損ねた場所もあるみたいです。大まかに四箇所感じる戦闘の気配の中に、一箇所だけ、統率《とうそつ》がとれていなくて乱戦気味の場所があります」

「っ‼　そこが一番まずい所なんですね。どこです？」

「ここから西に行った所です。恐らくあいつらが最初に湧《わ》き出た場所なんでしょうね、住民の避難誘導が間に合ってないみたいです」

「分かりました。そこには私とネイが向かいますので、レミーは街の様子を一通り探ってください」

レミーはヒイロの指示にコクリと頷くと、冒険者然《ぜん》とした装備から一瞬で黒装束《くろしょうぞく》姿になり素早く街の中へと走り出した。

「……珍《めずら》し」

レミーを見送っているヒイロの横顔を見ながら、ネイが小さく呟く。

「え？　何がですか、ネイ」

「レミーを偵察《ていさつ》に送り出したことよ。ヒイロさんのことだから、単独行動なんか危険だって言って、皆で行動すると思ってた」

確かに戦場の状況把握《はあく》は大事であり、ヒイロの下した判断は間違ってないとネイも思っている。

その反面で、心配性のヒイロがレミーを単独で行かせたことに彼女は驚いていた。

「他の場所で戦っている兵士達が優勢《ゆうせい》なら、私達は混戦になってる場所で気兼《きが》ねなく戦えますからね。それに、レミーはコーリの街周辺で一番危険なダンジョン、ゲテモノダンジョンで三日間も一人で生き残ってたのです。忍者という職業の名に恥じないあの軽い身のこなしなら、私達がいない方が安全に動けますよ」

「へー、信じてるんだ」

半眼《はんがん》でニヤニヤするネイに、ヒイロは軽く頬を染《そ》めながらクルッと背を向ける。

「仲間を信じずに、一体、誰を信じるっていうんですか」

おっさんの照れる姿は傍目《はため》に見ても可愛いものではない。しかしネイは、そんなヒイロの姿にクスッと笑みを零す。

「じゃあ、私のことも信じてくれてるんだ」

「ええ、でなければたとえバーラットに言われたとしても、こんな危《あぶ》ない場所に連れてきてませんよ」

「違いないわね。じゃあ、時間も惜《お》しいことだし、早いとこヤバい所に行って、ヒイロさんの期待に応えることにしましょう」

一緒に行動している時間は仲間の中で一番短いネイだったが、それ故に、ヒイロの言葉が嬉しかった。胸の内から湧き上がってくる喜びを隠《かく》しもせずに顔に出し、ネイはヒイロの背中をバンッと力強く叩いて走り出す。

「あっ、待ってくださいネイ」

嬉しそうに前を走り出したネイを、ヒイロはヒリヒリする背中をさすりながら慌てて追いかけた。


ヒイロ達がいた場所から西へ少し離れた場所は、レミーが言う通りの大混戦になっていた。

「はあっ！」

レッグスの突きが、先頭を歩いてきた死体の喉《のど》に突き刺さる。だが、自身が傷付くことに全く動じることのない死体は、喉を貫かれたままの状態でも歩みを止めようとはしなかった。

「くっそ！　通常攻撃は無意味かよ！」

喉に突き刺さった剣先を自《みずか》ら押し込むように間合《まあ》いを詰めてくる死体に対し、レッグスは苛立《いらだ》ちながら剣を引き抜きつつ胴体に蹴《け》りを入れる。死体は数歩たたらを踏んで尻餅《しりもち》をついたが、喉に穴を開けたまま平然と立ち上がった。

「アンデッドだって、斬《き》りつければそれなりにダメージを受けるってのに……」

全くこたえた様子を見せない死体を見据《みす》えて、レッグスは顔を引きつらせる。

「レッグス、そいつらはただのアンデッドじゃないって宿で言っただろ。操られているだけの死体にいくら攻撃を加えても意味はないよ。狙《ねら》うのは胸に付いてる髑髏の蜘蛛だ」

「分かってる！　けど……」

バリィの忠告に従い、レッグスは立ち上がった死体の胸元を斬りつける。だが、胸元にいた髑髏の蜘蛛は素早く横に移動して斬撃《ざんげき》を避《さ》けた。

髑髏の蜘蛛が避ける時、カタカタと顎の部分が鳴り、それが嘲笑《あざわら》っているように見える。

レッグスは余計に腹立たしく思い、地団駄《じだんだ》を踏んで悔《くや》しがりながらバリィを見た。

「こいつら、避けるんだよ！」

「だよなぁ。動いてる標的《ひょうてき》の弱点を狙うだけでも大変なのに、更に弱点自体も動くとなると……」

言いながらバリィは背後から迫る死体の気配を察知し、髑髏の蜘蛛を狙って振り向きざまにナイフを投げる。予備動作のほとんどない、完全なる不意打ちだと思われたその一撃も、髑髏の蜘蛛はスルリと避けた。代わりに死体の鳩尾《みぞおち》に見事にナイフが突き刺さったわけだが、それに何の意味もないことを知っているバリィは、困ったように肩を竦めて言葉の続きを紡《つむ》ぐ。

「難《むずか》しいなぁ」

「たわけめ、何を諦《あきら》めておる！」

一見、敵に対して手の内がなくなったように振る舞うバリィに、バトルアックスを構えたテスリスが活を入れる。

「別に、諦めたわけじゃ……」

「弱点に当たらないのなら、動けなくなるまで攻撃し続ければいいのだ」

バリィの言い訳には耳を貸さず、テスリスはバトルアックスを横に払う。テスリスによって胴を裂《さ》かれた死体は、真《ま》っ二《ぷた》つになりその場に崩《くず》れ落ちた。髑髏の蜘蛛が付いていない下半身は確かに動かなくなったが、上半身は両手で這《は》いずるようにして、レッグス達へと向かってきていた。

「数的には、減《へ》ってないよね」

「うるさい！　こうすればいいだろう」

バリィに責《せ》められ、テスリスは半ばやけになりながら連続でバトルアックスを振り下ろし、上半身だけになった死体の両肩を切り落とす。

死んで時間が経っているためか血こそほとんど出ていないが、四肢《しし》を失い移動手段のなくなった死体の胴体は、まだウネウネと身体をくねらせていた。

「……もうちょっと、スマートに倒せないものかな」

確かに戦闘力はなくなったが、精神的にダメージを負《お》いそうな敵の姿に、バリィは苦言を呈《てい》する。

そう言われたテスリスも、自分がやったこととはいえ、さすがにこれはないかなと、気まずそうに直立不動で頬を掻いていた。

「まったく、バカなことを。こうすればいいのです。アイスアロー！」

三人の攻撃が大して有効ではないことに呆れながら、リリィが複数の青い矢を放つ。魔法の矢は正面《しょうめん》にいた複数の死体に着弾。

当たった部分は凍《こお》ったが、例によって髑髏の蜘蛛は魔法の効果範囲から逃げるように死体の身体を這いずり回り、体の一部を凍らせながらも死体達は進軍してくる。

「何が『こうすればいい』んだ？」

全く効果が見込めない魔法を放ったリリィに、前方に迫る死体を斬りつけた後でレッグスが嘆息をつく。

「だって、あの蜘蛛避けるんだもの」

「だから、そう言ってるだろ！」

死体達を指差し、涙目になったリリィの訴《うった》えにレッグスが声を荒《あら》らげていると、鉄鎧を着た髭面《ひげづら》の冒険者が近付いてきた。

「よう、にいちゃん達、随分と余裕そうだな」

「「「「どこが？」」」」

レッグス達四人にドスの利いた返事をされ、おっちゃん冒険者は少し後ずさりしながら「お……おう」と呻《うめ》いた後で話を続ける。

「いや、結構騒がしくて悲壮感《ひそうかん》がなかったから余裕だなと思ったんだけどよ」

「余裕なんかねぇよ。弱点である蜘蛛には攻撃が当たらねぇし、敵の数が減るどころか増えてきてるってのに、囲まれて逃げ道もない。もう八方塞《はっぽうふさ》がりだよ」

向かってきた死体を斬りつけながらのレッグスの愚痴《ぐち》に、おっちゃん冒険者は小さく笑みを零す。

「そんでも、やる気が削《そ》がれていないだけマシだ。うちの連中を見てみろ」

死体の攻撃を盾で受け、冒険者のおっちゃんは顎で前方を指す。

そもそもこの場所では、近くの宿に泊まっていた数組の冒険者が戦っていた。

彼らは、レッグス達のように自ら進んでここに来たのではない。この異変に気付くことができずに逃げ遅れた結果、逃げ場がなくなり仕方なく戦い始めた者達だった。つまりは初心者レベルがほとんどで戦闘経験が乏《とぼ》しく、士気も低い。

冒険者のおっちゃんが指した先にいたのも、十代中頃の若い男女四人組だった。彼らも当初はゾンビ程度と息巻いていたが、今では敵を倒すことを諦めたらしく、四人で背中合わせに固まって死角をなくし、ただひたすらに敵を近付けないように武器を振るっていた。

「……随分と若い連中とパーティを組んでるんだな？」

目の前にいるおっちゃんは、レッグスの目にはどう見ても新人には見えなかった。彼と同年代であろうヒイロとは違い、歴戦《れきせん》を思わせる雰囲気が多分に備わっていたのだ。

なんであんな新人と組んでるんだ？　という疑問を含んだレッグスの言葉に、おっちゃん冒険者は小さく肩を竦める。

「知り合いのガキどもを預かっていたんだが……こんな事態が起こったせいで貧乏くじを引いちまった」

「はっ、おっさんは異変に気付いてたが、あいつらが出遅れたせいで逃げ遅れたってわけか」

「ああ、見捨てるわけにもいかんかったんでな」

笑い飛ばすレッグスに、おっちゃん冒険者はわざとらしく肩を竦めてみせた後で真顔になる。

「ところでさっき、蜘蛛が弱点だと言っていたが……お前達はあいつらのことをなんか知ってるのか？」

「いや、全く知らん。ただ単にウチの魔道士が、あの蜘蛛が死体を操ってるんだと当たりをつけただけだ」

迫り来る死体をいなした後で、レッグスが戯《おど》けたように肩を竦め返す。

「そうか、知らんのか……じゃあ、何故お前達はここに残った？　お前達の技量なら、この異様な気配に気付いていただろうに」

まだレッグス達への疑惑《ぎわく》を拭《ぬぐ》いきれないおっちゃん冒険者が更に追及《ついきゅう》してくると、レッグスはフッとニヒルに笑う。

「知り合いが援軍に来る予定なんでね。住民を見捨てて逃げたら合わせる顔がないのさ」

この辺りの建物には、まだ街の人が隠れていた。レッグス達が暴《あば》れているお陰《かげ》で死体達の目は彼らに向けられているが、彼らがいなくなれば死体達は建物への侵入を試《こころ》み始めるだろう。それを防ぐために自分達は残ったのだと、レッグスは事情を告《つ》げた。

「援軍？　本当に来るのか？」

「ああ、あの人は絶対に来る。そういう人だからな」

確信を持って言い切るレッグスに、おっちゃん冒険者は「そうか」と頷いた。

「本当は、死人が出るのを覚悟で全員でこの囲みを突破《とっぱ》しないかと持ちかける気だったんだが、援軍が来るのなら若造達にハッパをかけて、もうちょっと踏ん張ってみるか」

そうおっちゃん冒険者が覚悟を決めたところで、バリィが近付いてくる。

「お二人さん、楽しく話してるところ申し訳ないが、ちょっとまずいことになった」

「何が……‼」

バリィに話しかけられて振り返ったレッグスは絶句した。

彼の目に、押し寄せて来る死体をかき分けて新《あら》たな死体達が現われたのが映ったからだ。

その新たに現れた死体達は鎧や剣、ローブや杖《つえ》などを装備している。

「あいつらは……」

おっちゃん冒険者も新たに現れた死体達を見て絶句していた。しかし、見開かれた目にはレッグスとは違う驚きがあった。

「あんた、あいつらのこと知ってんのか？」

「ああ……最近、クエストに出て戻ってこない冒険者が増えていて、その中に俺の知り合いも混じってたんだが……あいつらはその戻ってこなかった知り合いだ」

「ちっ！　裏で糸を引いてる奴が誰だか知らないが、あの冒険者達はそいつの餌食《えじき》になったってことか」

嫌悪感《けんおかん》を露《あら》わにしてレッグスが呻く横で、おっちゃん冒険者は顔を怒りに赤くして剣を構えていた。

「冒険者を食い物にした挙句《あげく》、ダチをあんな姿にしやがって！」

怒りにかられたおっちゃん冒険者が、冒険者の死体達に向かって駆け出す。

「おっ、おい！」

混戦で冷静さを失えば命を縮《ちぢ》める。おっちゃんが怒りで我を忘れていると判断したレッグスは、すぐに後を追った。

「あっ、レッグス！　俺達のフォーメーションを崩すなよ！」

レッグス達はいがみ合いながら戦っているように見えて、ちゃんとお互いをカバーしている。リーダーであるレッグスが抜けたら、そこに穴が空《あ》いてしまうとバリィは慌てたが、おっちゃん冒険者のフォローに走るレッグスを本気では止められなかった。

「たくっ、仕方がないなぁ……テスリス、リリィ。レッグスのフォローをするぞ」

「あのバカは……こっちの連携《れんけい》を無視しおって。一体、誰の影響だ？」

「ヒイロ様に決まってますわ。いい傾向です」

バリィの呼びかけに、テスリスは少し怒りながら、リリィは楽しそうに応えて三人はレッグスの後を追った。

第5話　裏切り者

――城門の前。

整列した近衛騎士団を背後に、近衛騎士団長ベルゼルク卿《きょう》は肩にハルバードを立て掛け、腕組みをし、眼前を警戒《けいかい》する。

城には結界が張られているため、無理に侵入すれば結界を管理している宮廷魔導師が気付く。故に、警戒されずに侵入するにはこの正門を通らねばならない。

そこに、ベルゼルク卿は城の最高戦力である近衛騎士団を配置していた。

彼は油断なく前方を見据えたまま、口を開く。

「三人は、街に行かせたのか？」

その言葉は、隣にいるバーラットへと向けられていた。

声をかけられたバーラットは、点火石という魔道具を懐から出し、咥《くわ》えていた葉巻に火を点《つ》けている。

「街の方も厄介だったみたいだからな……マズかったか？」

使い捨ての点火石を投げ捨て、口に含んだ葉巻の煙《けむり》を勢いよく吐き出した後で、バーラットは返事をする。

「いや、結果的に助かったのかもしれん。どうも、街に現れたのは死体らしいのだ」

「死体？　アンデッドか？」

不審そうな顔を向けてくるバーラットに、ベルゼルク卿はかぶりを振った。

「違うようだ。アンデッドに有効なはずの聖水は効かず、いくら切っても進軍をやめない。同行している宮廷魔導師の話では、死体にくっついている髑髏のような蜘蛛が死体を操っているのではないか、ということらしいが」

「髑髏の蜘蛛……呪術で生まれた魔法生物か！」

「こちらではそう判断している」

「ちっ！　あの魔法生物は外に出て死体を操るのか……てっきり身体の中から操るものだと思っていたんだがな」

当てが外《はず》れたバーラットの悔しそうな呟きに、ベルゼルク卿が驚きに目を見開く。

「バーラット殿はこの事態を予想してたのか？」

「ああ、前に似たようなことをする奴に出くわしてな。しかし、髑髏の蜘蛛が外に出ても死体を操れるってことは、死体を戦闘不能にしても……」

「蜘蛛が新たな死体に取り付くだけだ」

「くっ！　敵の数は減らないってことか。しかし、予想外なことばかりだ。まさか街を混乱させるほど、魔法生物の数が揃《そろ》っていたとはな」

「どうやら、近隣《きんりん》の街や村の者、それに行方《ゆくえ》不明だった冒険者まで現れているようなのだ。我々が把握していなかった場所でも呪術を撒き散らしていたのだろう」

「ちくしょう、用意周到《よういしゅうとう》じゃねえか」

近隣の街や村でも呪術の被害が出ていたことは知っていたが、冒険者までターゲットになっていたと聞いて、バーラットは苦虫を噛《か》み潰《つぶ》したような表情になる。

「まっ、イタズラを仕掛ける方が、仕掛けられている方より優位なのは当然だよね」

バーラットの頭の上で二人の話を聞いていたニーアが、得意顔で肩を竦めてそう言う。国が揺《ゆ》らぐほどの事件をイタズラと言ってしまう彼女の態度に、バーラットとベルゼルク卿は互いに顔を見合わせてため息をついた。

「ところで……」

ニーアに茶々を入れられ、シリアスな空気をぶち壊《こわ》されたバーラットが、斜《なな》め後ろを振り返る。

「いい加減、落ち込むのはやめたらどうだ」

バーラットが呆れたように声をかけた先には、刀身にグルグルと包帯が巻かれた聖剣アルシャンクを不憫《ふびん》そうに見つめるSSSランク冒険者、マスティスの姿があった。

先日のヒイロとの手合わせで大剣の刃が欠けてしまってから、マスティスはずっとこの調子だった。

「ううっ、バーラットさん……そうは言われても、大事なアルシャンクがこんな姿になっちゃったんですよ」

「どうせ自動修復《しゅうふく》が働いて、そのうち治るんだろ」

「確かにそうですけど……それでも、俺の扱いが悪かったせいでアルシャンクは傷ついてしまったんです」

涙目になりながら自身の不甲斐《ふがい》なさを嘆《なげ》くマスティスに、バーラットは嘆息する。

「はぁ～……ありゃあ、しょうがねぇよ。ヒイロがあの鉄扇《てっせん》を手に入れて、初めての相手になっちまったのが運の尽《つ》きだ」

「うう～」

再びアルシャンクを抱いてガックリと肩を落とすマスティス。

まぁ、ヒイロを逆恨《さかうら》みせずに自分の技量のせいにするだけまだマシかと、バーラットは頭を掻きながら正面に向き直る。と、街から続いている石畳《いしだたみ》の道の先に気配を感じた。

石畳の道は坂道になっているため、その頂上にいるバーラット達には相手の姿がまだ見えない。しかし、隠そうともしない十人ほどの気配を確かに感じて、バーラットはベルゼルク卿へと視線を向けた。

「おい」

「うむ」

バーラットの短い合図にベルゼルク卿が小さく頷く。

「マスティス、嘆いている暇《ひま》はないぞ。お客さんだ」

更にバーラットが後方のマスティスに声をかけると、彼は道の先を見据えて、情けなかった顔を引き締《し》める。

「やっと、この鬱憤《うっぷん》を晴らせる相手が来てくれたようですね」

さっきまでのウジウジした姿はどこへやら、マスティスは堂々とした態度になる。

そこへ、ゆっくりと相手が姿を現した。

先頭を歩くのは、黒い鎧を着た燃えるような赤髪の長身の男。その斜め後ろに、灰色のローブを胸まではだけさせてフードをかぶった、魔道士にしては引き締まった身体が印象的な男が続く。更にその背後に、冒険者然とした男女が八人いた。

「ん？　あれは確か……」

「知ってるのか？」

その集団を見たベルゼルク卿が眉をひそめる。バーラットがその態度に疑問を感じて問いかけると、彼は頷いてみせた。

「SS冒険者のヒキタクテヤとカマセーヌ、それと二人のパーティメンバーの連中だ」

「はん、連絡が取れなくなっていた、術士の調査を依頼していた連中か……こんな時に現れるなんて、あまりに滑稽《こっけい》だな」

呆れるのを通り越して馬鹿にしているバーラットの言葉に、ベルゼルク卿がフッと鼻で笑う。

あまりに不審な一行は、バーラット達の五メートルほど前で止まり、黒い鎧を着た男――ヒキタクテヤが仰々《ぎょうぎょう》しく口を開いた。

「これはこれは、ベルゼルク卿。正門の警備《けいび》とはご苦労様です」

「うむ、で？　今までこちらの連絡に一切返答しなかったお前達が、今頃になって何の用だ」

睨《にら》みを利かせつつベルゼルク卿が問うと、ヒキタクテヤとローブの男――カマセーヌがいやらしい笑みを浮かべた。

「いやなに、実は術士について重要な情報を得たのでご報告に参ったのですよ」

「連絡に対応できなかったのは、敵のそばまで侵入を試みた結果でね。申し訳なかったですね」

ヒキタクテヤに続いて、カマセーヌが手もみをしながら弁解を述べる。

「ふん、重要な情報……か。だったら話してみろ」

「いや、あまりに重要な話ゆえ、陛下に直《じか》に会って進言したいのですが……」

「できんな」

愛想笑《あいそわら》いを浮かべる二人にベルゼルク卿が食い気味に断言《だんげん》すると、二人のいやらしい笑みがピシリと固まる。

「これはベルゼルク卿、異な事を。何故、私達を入れてもらえないのですかね」

笑みを引きつらせたカマセーヌの言葉に、ベルゼルク卿はフンッと鼻を鳴らす。

「決まっておろう。今、街で起きている異変への対応のために、城への入城は制限されているからだ」

「それは、俺達も城に入れないということか？　本当に重要な情報を持っているんだぞ！」

「ふぅ〜、大概《たいがい》にしとけ」

笑みを作ることも忘れ、苛立ちを露わにし始めたヒキタクテヤの言葉に、葉巻の煙を吐き出したバーラットが制止する。すると、ヒキタクテヤとカマセーヌがバーラットを睨みつけた。

「バーラット……貴様か。陛下の覚えがいいからと随分ふざけた口を利くものだな」

「お前は私達と同じSSランクだったね。私達に偉そうな口を叩ける立場ではない筈だがね」

あからさまに敵意を向けてくるヒキタクテヤとカマセーヌ。バーラットは、貴族じゃねぇんだから肩書きで立場の上下を決めんじゃねぇよと内心馬鹿にしながら、冷ややかな視線を二人に返す。

と、冷静なバーラットと対照的に怒りを露わにした表情で、マスティスがバーラットの前に割って入った。

「あんたらがバーラットさんと同じランクってだけで納得いかないのに、更にバーラットさんを馬鹿にしたその物言い、さすがに我慢《がまん》ならないね」

自分達を見下《みくだ》すようなマスティスの言葉に、ヒキタクテヤとカマセーヌはすぐに顔を紅《こう》潮《ちょう》させて唾《つば》を飛ばしながら反論する。

「マスティス！　大した実力もない若造が出しゃばるな！」

「そうさね。お前のランクなど所詮《しょせん》、親の七光りで得たものではないかね！」

バーラットのことでは怒ったマスティスも、その矛先《ほこさき》が自分に向けられると冷静になり、フッと小馬鹿にしたような笑みを浮かべた。

「確かに、俺は自分の立場を利用したことがあるから、弁解の余地はないかな。でも、それを言ったらお前達の方がよっぽどタチが悪くないか？　そのランク、貴族に金を貢《みつ》いで便宜《べんぎ》をはかってもらった結果だろ」

「なっ！」

「ぐっ！」

マスティスの言葉に、ヒキタクテヤとカマセーヌが明らかに動揺《どうよう》する。

そうだと認めているも同然の態度に、バーラットの頭上で、やれやれヒイロ以下の演技力だねとニーアが呆れている中、マスティスは言葉を続ける。

「今回の呪術士捜索《そうさく》のクエストに選ばれたのも、確かゼイル公の推薦《すいせん》だったよな。お前らに便宜をはかっているのは、もしかしてゼイル公か？」

「くっ……いい気になるなよ若造。お前もバーラットも、実力ではなく王族との繋《つな》がりで今の肩書きを得たようなもんじゃねえか！」

吠《ほ》えるヒキタクテヤに、バーラットとマスティスは互いの顔を見合ってフッと笑みを零す。

「あいつらが言う実力ってのが金を稼《かせ》ぐ力量のことを指すのなら、確かに勝てねぇかもしれんな」

「そうですね。俺達は誰かさん達と違って金額でクエストを選んでませんから、到底敵《とうていかな》うわけないですよ」

「ふざけるな！　実力っていったら、戦闘力の話に決まってるだろ！」

バーラットとマスティスに小馬鹿にされ、ヒキタクテヤは怒鳴りながら腰に下げた袋に手を突っ込む。それに呼応するようにカマセーヌや他の冒険者達も自身の腰袋に手を入れた。

「いつまでも、調子に乗っているなよ。俺達はお前らを簡単に倒せるほどの力を得たんだ」

言いながらヒキタクテヤは袋から手を引き抜く。その手には、ワシャワシャと八本の足を動かす蜘蛛のような生き物が掴まれていた。

「あん？　なんだ？」

「人の才能を限界まで引き上げてくれる、ありがたい物さ！」

不審そうに片眉を上げたバーラットに答えつつ、ヒキタクテヤは手に持った物を自らの二の腕に押し付けた。カマセーヌもローブの内側の胸へと押し付け、他の連中もそれに倣《なら》う。

「そいつは……⁉」

ヒキタクテヤが手を離すと、やっと彼らが出した物の全貌《ぜんぼう》が明らかになる。彼の二の腕に付いていたのは髑髏の蜘蛛。

それを見てバーラットは指に挟んでいた葉巻を苛立ちまぎれに地面に叩きつける。

「髑髏の蜘蛛……そいつは死体を操る魔法生物じゃないのか？」

「グッギャギャギャッ、確かにそういう力もあるが、こいつの能力はそんなチャチなもんだけじゃないのさ！」

高笑《たかわら》いするヒキタクテヤ。そして彼の身体は、昂《たか》ぶった感情に呼応するように変貌《へんぼう》を始めた。

まず起こったのは筋肉の膨張《ぼうちょう》。その身体がふた回りは大きくなる。

「……身体強化か？」

バーラットは自身の持つ身体強化スキル【剛力《ごうりき》】【剛体《ごうたい》】を思い浮かべる。

スキルによる身体強化は見た目は変わらないのだが、魔法による身体強化なら、もしかして姿が変わってしまうのか。そう考えてベルゼルク卿の方を振り向くが、彼は「そんなはずはない」と首を横に振る。

「大体、身体強化などの肉体に作用する魔法は、身体を回復させる光属性の魔法と同系統の筈だ。奴らの中に光属性の才能を持った魔導師はいない。それに……」

言いながら視線をずっとヒキタクテヤに向けていたベルゼルク卿は、眉をひそめる。

「どうもあの現象は、髑髏の蜘蛛の魔力で起きているみたいだ」

「そうだね。あの蜘蛛から膨大《ぼうだい》な魔力が流れ込んでるよ」

ベルゼルク卿に同意して、ニーアが厳《きび》しい顔でバーラットの頭上を飛び回る。バーラットはそんなニーアを見上げながら眉間《みけん》に皺《しわ》を寄せた。

「あの蜘蛛は確か、対象者の体内にいる間中、絶えずMPドレインを仕掛けてきていたな……」

「生き物はMPが減っても少しずつ回復するし、MPポーションで回復を図《はか》ったとしたらそれ以上になる。それを死ぬまで吸い取り続けたとしたら、人一人分以上のMPをあの蜘蛛は内包してることになるね」

バーラットの言葉にニーアが補足《ほそく》すると、ベルゼルク卿が渋《しぶ》い表情を浮かべる。

「その魔力を使って身体強化をしているのか？」

驚愕《きょうがく》するベルゼルク卿の言葉が終わらないうちに、筋肉が膨張し切ったヒキタクテヤの身体に更なる変化が現れた。

皮膚《ひふ》の色がまるで金属みたいに光沢を出し始め、鉛色《なまりいろ》に変色していったのだ。

それを見て、バーラットが両手を腰に当てて呆れたように首を左右に振る。

「どうやら、肉体強化じゃなくて肉体改造らしいぞ」

「うわっ、どう見ても人間には見えないよね、あの姿」

全身の筋肉が盛《も》り上がり、金属でできたオーガのような姿になったヒキタクテヤに、ニーアがドン引きする。

その一方でカマセーヌの方も変貌が終了していた。肌全体に緑の鱗《うろこ》を生《は》やし、尖《とが》った口の先からチロチロと二股《ふたまた》の舌を出している。

「人によって変貌の仕方が違うのか？」

「どういう仕組みか分かりませんが、どうやら、あの蜘蛛が人間に魔物の特徴《とくちょう》を混ぜたみたいですね」

バーラットの疑問にマスティスが答える。その手にある聖剣アルシャンクは、夜の闇を照らすように輝き始めていた。

「ほら、アルシャンクも彼らを魔物と判断したらしいです」

魔物に対して効果を発揮する聖剣アルシャンクを掲《かか》げ、マスティスは自身の推測の正しさを証明しながら笑ってみせた。

「魔物との融合《ゆうごう》……もしかして、あいつらが付けた髑髏の蜘蛛は、魔物に呪術をかけて作った物か？　だとしたら、素材になった魔物の一部がアレの中に混ざっていても不思議じゃねぇ……おい、お前ら！　自分が今、どんな状態になっているのか分かっているのか？」

「バーラット……マスティス……コロス」

バーラットは少し不憫に思いながら呼びかけたが、魔物と化したヒキタクテヤ達は殺気を漲《みなぎ》らせた視線を向けて、片言の言葉を発するだけだった。

「ちっ、理性ってもんがなくなってやがる」

「完全な捨て駒《ごま》だな。敵の狙いはこいつらを城の中で暴れさせて、兵力を消耗《しょうもう》させたかったんだろう」

バーラットがマジックバッグから銀槍《ぎんそう》を取り出すと、ベルゼルク卿も肩に立て掛けていたハルバードを構える。そこに、聖剣アルシャンクを構えたマスティスも並んだ。

「城の中に入れなかったのは、あいつらの計算違いってところですか？」

「どっちにしろ、俺達が殺《や》られれば敵の思惑通りになってしまうがな」

マスティスにベルゼルク卿が答えると、その頭の上でニーアがバーラットにお伺《うかが》いを立てていた。

「ねえ、バーラット。ぼく、ヒイロの所に行った方がいい？」

「いや、この程度、ヒイロを呼ぶほどのもんでもないだろう」

バーラットが言いながら左右に視線を向けると、ベルゼルク卿とマスティスがニヤリと口角《こうかく》を上げながら頷く。

二人の様子にバーラットも極悪《ごくあく》な笑みを湛《たた》えると、三人は一斉に駆け出した。

その頃城下街では、激《はげ》しい戦いが繰《く》り広げられていた。

「くそっ！　スキルも使うのかよ！」

剣を持った元冒険者だったモノが繰り出した剣術系スキル【スラッシュ】を受け止め、レッグスは悪態《あくたい》を吐《つ》く。

【スラッシュ】は踏み込みと斬撃のスピードを高めるスキルだが、同じ系統のスキルを持つレッグスは辛《かろ》うじてそれを察知し防御に成功していた。

「スキルだけではないようですわ。ウォーターウォール！」

言いながらリリィがパーティの前に水の壁《かべ》を作ると、その外側に複数の炎の矢が突き刺さり爆音を上げる。

「魔法もかよ。だとすると、一般人と違って冒険者の対処は骨が折れそうだ」

「骨が折れるどころの騒ぎではない。傷付けても怯《ひる》まない冒険者が相手では、たとえランクで優《まさ》っていても分《ぶ》が悪いぞ！」

苦笑いを浮かべるバリィに、テスリスが吠える。

「くそ！　くそっ！　お前らをそんな姿にした者に一矢報《いっしむく》いるどころか、俺はお前達の抜け殻《がら》に殺《や》られてしまうのか！」

必死に剣を振るうおっちゃん冒険者は、自身の不利を察して、その表情を悲痛なものに変えていた。

今までは上手《うま》く敵を撹乱《かくらん》して安全なスペースを確保していたレッグス達だったが、死体の冒険者の出現でそんな余裕はなくなり、そのスペースはかなり小さくなってしまっていた。

ここで戦っている他の冒険者達も既に、死体達に囲まれているといった方がいいくらいに追い詰められている。

そんな中――

「いやぁー！」

少女の悲鳴が上がった。

反射的にレッグスが視線を向けると、そこにいたのはおっちゃん冒険者が同行していた若い冒険者達だった。

彼らはもう、手を伸《の》ばせば触《ふ》れられるほどの距離で死体達に囲まれていた。

「ちっ！　助けに……ぐっ！」

身を翻そうとしたレッグスに死体の冒険者の斬撃が打ち込まれる。レッグスはそれを剣で受け止めると仲間達に視線を送った。

「誰か、援軍に行けないか？」

「無茶言うな！　ここで誰か抜けたら、こっちの安全マージンも保てなくなるぞ」

焦った様子のレッグスに、珍しく怒鳴るようにバリィが返すと、テスリスもそれに頷く。

「あいつらには申し訳ないが、冒険者になった時に覚悟くらいはしているだろう」

「ちいっ！　俺としたことがぬかった！」

知り合いが犠牲《ぎせい》になって我を忘れていたおっちゃん冒険者が、先ほどの悲鳴に気付いて顔を歪めた。

助けに行きたいが、自分が抜ければ今度はレッグス達が窮地《きゅうち》に陥《おちい》ると分かっているために動けずにいるのだ。

戦力を分散させておいた方が敵も散って戦いやすくなると考えていたおっちゃん冒険者だったが、それは間違いだったと歯軋《はぎし》りする。

――ドゴゴゴゴッ！

しかし不意に、そんなおっちゃん冒険者の視線の先で、生肉を連打したような鈍《にぶ》い音とともに、無数の死体が宙に舞っていく。

死体達は、二階建《だ》ての建物の屋根付近まで宙に舞うと、そのまま次々と落下していった。

その現象は遠方から始まり、所々で戦っていた冒険者達のもとへ電撃を光らせながらどんどんと近付いてきて、ついには囲まれていた若い冒険者達の側《そば》まで辿り着いた。

その様子をアングリと口を開けて見ていたおっちゃん冒険者の横で、レッグスがふうっと安堵《あんど》の息を漏《も》らす。

「やっと来てくれたみたいだな」

「ああ、あんなことできるのはあの人くらいだ」

レッグスの呟きにバリィが笑顔で応じると、テスリスとリリィもニッコリと微笑む。彼らの安心しきった様子に、おっちゃん冒険者は振り返る。

「もしかして、あんたらの言ってた援軍って……」

死体達に対処しながら器用に後方を指差すおっちゃん冒険者に、レッグス達はコクリと頷いてみせた。

第6話　VS巨人

「ネイ、お願いします」

死体の群《む》れの中を強引に突破してきたヒイロは、若い冒険者を二人ずつ両脇に抱《かか》えると、ネイの方を振り返った。

「任《まか》せて」

ヒイロの意を汲んだネイは、今までしてきたように両手を胸の前でバツ印に組む。

それを見てヒイロは跳び上がった。それは跳躍《ちょうやく》と呼ぶにはあまりにも高く、抱えられていた若い冒険者達が恐怖に悲鳴を上げる。

ヒイロが建物よりも高く跳んだのを確認して、ネイは胸の前から一気に両手を左右に広げた。

「はぁぁぁっ！」

ネイの気合《きあ》いとともに、彼女の身体から全方位に雷撃が迸《ほとばし》る。

効果範囲はネイを中心に半径十メートルほど。そこにいた百近い死体達は余すことなく雷撃を受け、糸が切れた人形のようにその場に崩れ落ちた。

雷撃は一瞬で体表を駆け巡る。結果、死体達に付いていた髑髏の蜘蛛は全て死滅《しめつ》していた。

ヒイロは倒れた死体を踏まないように降り立つと、小脇に抱えていた若い冒険者達をそっと下ろす。

「大丈夫ですか？」

「あっ、はい……ありがとうございます」

ヒイロが声をかけると戦士風の少年が頭を下げ、それに倣って他の三人も頭を下げた。

少年達の無事を確認したヒイロが笑みを零すと、そこにネイが近寄る。

「ヒイロさん、いきなりゾンビの群れを吹き飛ばしながら進むのはやめてほしかったわ」

「はは、申し訳ありません。彼らが危ない状態だったことに気付いてつい……それよりもネイ、お見事でしたね」

疲れ切った様子のネイにヒイロが賛辞《さんじ》を送ると、彼女は小さく微笑む。

「まっ、助けられてよかったわ。それよりあっちも大変そうよ。あれって、昼に会った彼らよね」

ネイに促されてヒイロが振り向く。

「ややっ、あれはレッグスさん！」

レッグス達に気付いたヒイロはすぐに駆けつけ、レッグスと鍔迫《つばぜ》り合《あ》いをしていた冒険者の死体を殴り飛ばした。

「ヒイロさん、助かりました」

すかさず前衛《ぜんえい》に立ったヒイロに、レッグスは肩で息をしながら礼を言う。

「いえ、お礼には及《およ》びませんよ。それよりも大丈夫でしたか？」

「ええ、体力的にも精神的にもギリギリでしたがなんとか」

「そうですか。では、これでも飲んで少し休んでいてください」

迫り来る死体達を力尽《ちからづ》くで押さえつけながら、ヒイロはマジックバッグからＨＰポーションとＭＰポーションをひょいひょいと出す。

「助かります」

ポーションを受け取ったレッグスが、仲間やおっちゃん冒険者とポーションを飲んでひと息ついていると、ネイが若い冒険者達を引き連れてヒイロのもとへ来た。すると、今まですごい圧《あつ》で迫ってきていた死体達が少し距離を取る。

「ん？　なんで？」

その理由が理解できずにネイが眉をひそめると、「ああ」とヒイロが拳《こぶし》で手の平をポンと叩く。

「あの蜘蛛達は互いに情報を共有してるみたいなんですよ」

「だから？」

「度重なる雷撃で、ネイを天敵だと認識したんじゃないでしょうか」

「ああ、そういうこと」

「ですからネイ、もっと彼らに苦手《にがて》意識を与えるためにドンドン行きましょう」

「無理よ」

言いながら死体達を勢いよく指差したヒイロに、ネイはキッパリと言い切る。あまりにもあっさりと断言されて、ヒイロは指差したまま固まった後、「えっ！」とネイを振り返った。

「さっきやった範囲攻撃は、雷の操作《そうさ》が難しくて精神的に疲れるのよ。操作を間違えると味方に被害を与えかねないしね。少し休まないと使えないわ」

「えー……雷撃が有効だったんですけどねぇ。仕方ありません、私がやってみます」

ヒイロはそう言うと、両手の人差し指と中指をピンッと伸ばした。

「雷撃符《らいげきふ》！」

ヒイロの言葉に応じて、両手の指の間に墨文字《すみもじ》が書かれた札《ふだ》が現れる。

ヒイロが投げたそれは彼の前にいた二体の死体に張り付き、次の瞬間にはその表面を雷撃が駆け抜けた。

ヒイロが現れてから彼のことをずっと目で追っていたリリィが、驚愕の表情でネイに近付く。

「なんですか、あの魔法……系統的に全く見覚えがないんですけど……」

「ヒイロさんのオリジナルよ」

「オリジナル……まさか、魔法の系統まで独自《どくじ》のものを開発していたなんて……さすがです！」

実際、魔法の系統を新たに編《あ》み出すなどあり得ないことなのだが、それを目の当《ま》たりにしながら『さすが』の一言で済ますリリィを、ネイは苦笑いで見つめていた。

「雷撃符！　雷撃符！　雷撃符！」

次々と雷撃符を生み出し放つヒイロだったが、雷撃符を生み出している魔法「符術《ふじゅつ》」は汎用性《はんようせい》が高い反面、威力は低い魔法である。一枚の符で倒せるのは一体のみで、働きの割には実りが少ないことに気付いたヒイロは困ったような顔で振り返る。

「なんか、こうも敵が減らないと切《せつ》なくなってきます」

「ヒイロさんの場合そんなことするより、蜘蛛を狙って殴った方が早いんじゃない？」

ネイがそう進言すると、ヒイロは眉尻を更に下げて困り切った顔になる。

「そうなんでしょうけど、どうも背徳感《はいとくかん》を抱いてしまって、気が引けるんですよね」

「そうか……確かに直接殴るのはちょっと心苦しいわよね。だったら、いっそのこと燃やしちゃったら？」

「「「えっ！」」」

ヒイロ達の会話を聞いていたレッグス達が、ネイの発言で同時に驚きの声を上げる。

「ちょっ！　ネイちゃん、燃やすって殴るより酷《ひど》いよ」

「えっ！」

バリィの苦言に、今度はネイが驚きの声を上げた。

ネイ的には火葬《かそう》してあげたらという意図だったのだが、この世界では土葬《どそう》が基本である。

そのためレッグス達には、死体を傷付けることより灰にしてしまう方が、よっぽど死体に敬意《けいい》を払ってないように感じられたのだ。

そうして埋葬《まいそう》に対しての考え方が違う二組が固まっていると、不意に月明かりに陰《かげ》りができた。

雲でも出てきたのかと無意識に全員が空を見上げる。そして、その目が見開かれた。

彼らの頭上には、二階建ての屋根に手を掛けて自分達を見下ろす巨人の姿があった。

「ジャ……ジャイアント」

レッグスがやっとのことで声を絞《しぼ》り出《だ》す。

レッグスの言う通り、それはジャイアントだった。身の丈《たけ》は優に十メートルを超《こ》えているだろう。だが、身体は所々で肉が削げ落ち骨が見えており、辺りには腐臭《ふしゅう》が漂《ただよ》っていた。

そして、その体表を無数の髑髏の蜘蛛が這っている。

「まさか……ジャイアントの墓を暴《あば》いたのか！」

驚き、後ずさるレッグス達。その中で、一人その場で踏ん張っていたヒイロがポツリと言葉を漏らす。

「ちっ、腐《くさ》ってやがりますね。早すぎたんです」

「いやいや、操るのが遅すぎたから腐ってるんですよ……って、ヒイロさん、ふざけてる場合じゃないですよ！」

思わず突っ込んでしまいながらも、ネイはヒイロに詰め寄る。

「大体、今日のヒイロさんは少しおかしいわよ。城を出た時にもふざけていたでしょう」

ネイに声を荒らげられ、ヒイロは申し訳なさそうにポリポリとこめかみを掻く。

「いや〜、常々バーラットから『お前は窮地に陥ると冷静さを失いすぎる』と忠告を受けてたもので、普段の私を演出してみたんですが……」

「それでボケてたの……でも、演出してる時点でダメでしょう。バーラットさんが言いたかったのは、心構えのことだと思うわよ」

ネイはそこまでまくし立てると、一呼吸置いてヒイロの目を見た。

「いい？　ヒイロさん。人の窮地を一生懸命《いっしょうけんめい》助けようとする人だから、皆がヒイロさんに協力するの。だから、ヒイロさんは今までのままでいいのよ」

「そう……ですか」

ネイに諭《さと》され、ヒイロは少し心にダメージを受けながらも前を向く。

「私らしくしながら慌てずに……ですか。難しいですねぇ」

「余計なこと考えずにいつも通りに行動すればいいのよ」

「ふう……先達《せんだつ》は若者に生き様《ざま》を教え、若者からは忘れていた初心を教わる……か。人生日々勉強ですねぇ。ではネイの言葉通り、私らしくいきますか」

ヒイロは気を取り直して、ジャイアントに向けて跳び上がった。

「ヒイロアタック！」

文字通り飛ぶように突っ込んで行ったヒイロが、右の拳をジャイアントの腹部にめり込ませる。

実は殴り飛ばすつもりでいたのだが、相手が腐りかけだったためか、グニャという感触《かんしょく》とともに肘《ひじ》あたりまで埋まってしまったのだ。自身の腕を見て、ヒイロは「うえっ」とえずくように呻く。

「ヒイロアタック？　自身の名を冠《かん》した攻撃か……一体、どのような効果が？」

　ヒイロの自信ありげな叫びに反応して、テスリスが興味深げな視線を向ける。すると、リリィが得意げに目を輝かせた。

「ヒイロ様のことですから、ただ殴るだけなんてことはありませんわ。きっとこの後にとんでもない効果を発揮するに決まっていますす」

「ふむ、確かにな。ヒイロさんがただのパンチに技名を付ける筈がない」

「一体この後、どんな破壊力を見せてくれるんだろう？」

　リリィの得意そうな言葉に、レッグスとバリィもこの後に起こるであろう、とんでもない効果を期待しながら、それに対応するために身構える。

　一方、ノリで叫んでしまっただけのヒイロは、下から聞こえてくる期待に満ちた声に困惑していた。すると助け船を出すかのように、ネイが人差し指を立てて明後日《あさって》の方向を向きながら解説を始める。

「説明しよう。ヒイロアタックとは、ヒイロさんが腕を相手の体内にめり込ませると、腕の中の格納庫《かくのうこ》から小人さん達が現れ、敵の体内でミサイルを乱射するという荒技《あらわざ》である！」

　格納庫やミサイルなどの分からない単語あったためか、ノリノリで解説を終えたネイに顔を向けたレッグス達は、少し考える素振りを見せた後「おおっ！」と驚きの声を上げる。

「ネイ……私には無理にふざける必要はないと言っておきながら、なんつうことを言うんです」

勝手に期待が高まっているのを感じて、ヒイロは困った顔のまま笑みを浮かべた。

「私の腕に格納庫なんてありませんよ、まったく……仕方ありません。とりあえずはこうです！」

ヒイロは仕方なしに、めり込んだ腕に装着した篭手《こて》に魔力を注ぎ込む。ヒイロのＭＰの一割という膨大な魔力が込められた篭手は、ジャイアントの腹部を突き破るようにして、細い白銀色の光を放射線状にいくつも放ち始めた。

「これで、必殺技らしくなる筈です。えいっ！」

下からの期待に応えねばと思ったヒイロが魔力を放つと、ジャイアントの背中側から白銀に輝く巨大な魔力弾が夜空へ突き抜けた。

それはまるで巨大な彗星《すいせい》のようで、辺りを一瞬、昼間並に明るくする。

想像以上の現象が起こり、レッグス達が唖然《あぜん》とする中、魔力弾が夜空に消えると同時にヒイロは地面に降り立つ。

体内で魔力弾を撃《う》たれたジャイアントは、発射時の衝撃《しょうげき》で腹部から真っ二つにされ、ヒイロの背後で下半身と上半身に分かれつつ周りの建物を破壊しながら地面に崩れ落ちた。

「ああっ！　他所様《よそさま》の家を壊してしまいました……ネイ、貴方が煽るからやりすぎてしまったではありませんか」

かっこよく着地したものの、振り返って周囲の被害の甚大《じんだい》さを確認したヒイロは、驚きに目を見開いた後でジト目をネイに向ける。

「ええ～！　私のせい？」

「責任の大部分は私にありますが、一端《いったん》くらいはネイにもありますよ」

「うーん……確かに煽った覚えはあるけど……」

「いやいや、敵がジャイアントを出してきた時点で街に全く被害を出さないっていうのは無理っすよ」

「そうですよ。逆にここでジャイアントを止めてなければ、被害はもっと大きくなっていた筈です」

責任の有無をヒイロとネイで言い合っていると、バリィがそんな言葉をかけてくる。

レッグスもバリィの意見に乗っかり、ヒイロとネイは少しばかり罪悪感が薄れた。

「そう、ですね。これだけ大っきい人が暴れれば、被害を全く出さないなんて不可能ですよね」

「うん、ロボット物でも、格闘や流れ弾で『もう、街として機能できないんじゃない？』ってくらい破壊してるもんね」

ヒイロとネイは、二人で笑い合いながら自身の中で正当性を確保していた。すると、リリィが目を輝かせて近付いてきてヒイロの腕にしがみつく。

「ヒイロ様、お見事です。さっきのは魔法ですか？　巨大な魔力の塊《かたまり》にも見えたんですが？」

「いえ、魔法ではありません。あれはこの篭手の効果で魔力を直接放ったんです」

「魔法に変換せずに魔力を直接？　それであんな威力が出るんですか⁉」

「ええ、私も初めて撃ちましたが、思った以上の威力でした」

「お……おい、ちょっと……」

ヒイロとリリィが話しているところに、テスリスが後ずさりながら二人の上の方に視線を向ける。

「？　なんです？」

テスリスの強張《こわば》った表情に疑問を抱きながら、二人は何気《なにげ》なく後方を見上げた。

「おおっ！」

「ひっ！」

そしてそれを見てヒイロは驚きの、リリィは恐怖の声をそれぞれに上げた。

第7話　呪術士現る

二人のすぐそばで、ジャイアントの上半身が手の平を地面につけ、身体を持ち上げていたのだ。

その後ろの方では、下半身も片膝をつき立ち上がろうとしている。

「そうだ！　死体は操られているだけだがら、蜘蛛を倒さないと動くんだ」

レッグスがバリィとともに顔を引きつらせながら、ジャイアントと距離を取り始めた。

おっちゃん冒険者や若い冒険者などは、顔に恐怖を貼り付けて全力で後退を始めている。

ジャイアントの上半身と下半身が周りにいる死体達を踏みつけながら近付いてくると、ヒイロは呆然《ぼうぜん》とするリリィの腰に手を回して小脇に抱えつつ、ネイとテスリスとともに後退を始めた。

「蜘蛛って言っても……」

レッグスに言われて見上げるヒイロ。視認できるだけで上半身、下半身共に髑髏の蜘蛛は二十匹は付いていた。

「あれを全部倒さなきゃいけないんですか？」

「いえ、あれだけ大量に蜘蛛が付いているのは、あの巨体を動かすのには一匹では無理だからだと思います。数を減らせば、動きを止められると思うのですが」

ヒイロに抱えられて嬉しそうなリリィが推測を述べると、ネイが足を止めて手の平を手前のジャイアントの上半身に向ける。

「広範囲は無理でも、対象が一つなら……」

ネイが手の平から放った雷撃はジャイアントの胸に当たり、そこから四方に駆け巡る。しかし、身体の表面積が広すぎて全てを雷で覆うことはできず、倒せた髑髏の蜘蛛もせいぜい数匹といったところだった。

「だったら……！」

ネイは次の手を考えて、再び後退しながら腰の水の剣を抜く。水の剣で身体全体を濡《ぬ》らせば、体表全てに雷撃を行き渡らせることができると踏んでの行動だった。

しかしその作戦をネイが実行するよりも先に、ジャイアントの上半身が、手を使って器用に移動しながら自身の周囲に直径一メートルほどの火球を十数個生み出した。

「まさか…ファイアジャイアントだったのか！」

レッグスが恐怖と驚きの入り混じった声を上げる。

ファイアジャイアントとは、十数種いるジャイアント族の中でも好戦的で戦闘能力が高く、炎を自在に操る種族として知られていた。

「ああー！　ヒイロさんがあんなこと言うから、上半身だけで手を踏ん張って炎を吐こうとしてるじゃないですか！」

後退しながら泣き笑い顔でネイがヒイロを非難する。ヒイロは「ええっ、私のせいですか⁉」と驚きの声を上げた後で、ネイに向かって反論を返す。

「あれは口から放とうとしてるわけじゃないのでノーカンです。どちらかといえば、ネイがさっきロボットモノなら街が壊滅《かいめつ》状態になるって言ったからフラグが立っちゃったんじゃないですか？」

「えー！　その話も相手がロボットではないからノーカンです！」

ヒイロとネイが言い争っているうちに、一行は後方で死体達を食い止めていた他の冒険者の所まで来てしまった。ネイが近付いたことで死体達が距離を取り、冒険者達は一瞬安堵したが、死体の大軍以上の恐怖が背後から迫っていることに気付いてパニックに陥《おちい》る。

「あんたら、なんつうもんを連れてくるんだよ！」

「そんなこと言ったって……」

冒険者達の非難の声にレッグスが言い返そうとしていると――

ジャイアントが十数個の火球をヒイロ達に目掛けて放ち、バリィが悲鳴をあげる。

「うわっ！　来た！」

「くうっ！　グラスバリア！　もう一度、グラスバリア！」

ヒイロが自身唯一の防御魔法を咄嗟に二回発動すると、ヒイロ達や冒険者全員を包むようにして、半透明《はんとうめい》の六角形が組み合わさったドームが二重に出来上がる。

直後、ヒイロ達の周りに火球が着弾して互いに誘爆《ゆうばく》するように大爆発を起こした。その爆発は周りにいた死体達を呑み込み、辺りに炎を撒き散らす。

――パリン。

火球の爆発で一層目のグラスバリアはあっさりと砕《くだ》ける。

爆発後の熱風は攻撃とカウントされなかったのか、二層目は健在《けんざい》だったが、それもわずかな間だけだった。

爆発で破壊された周りの建物の破片《はへん》が降り注ぎ、二層目のグラスバリアも澄んだ音とともにあっさりと砕け散る。

バリアがなくなったことで、燃え盛《さか》る炎の熱がヒイロ達を襲い、ヒイロを除く全員が苦《く》悶《もん》の表情を浮かべて熱から逃げるように大通りの真ん中に固まった。

「くっ！　やっぱりこのバリアはこういう場面には向きませんでしたか。ウォーター！」

前方にジャイアントの上半身と下半身。背後には爆発で燃える死体達。左右は燃え盛る建物。

逃げ場もなく炎の熱が襲い来る過酷《かこく》な環境《かんきょう》で、服の自動温度調整のお陰でただ一人熱を苦としないヒイロは、自身の手から出るウォーターの水を燃え盛る周りの建物にかけ始めた。

「くっ……手伝います。アイスアロー！」

グラスバリアをかける時に地面に降ろされていたリリィも、消火に勤《いそ》しむヒイロを手助けしようと氷の矢を放つ。

しかしヒイロはそこで、炎が広がる先の建物に【気配察知】が反応していることに気付いた。

「なっ！　まさか、避難していない人がいるんですか！」

「あっ、はい！　俺達が戦い始めてすぐに避難するように大声で叫んだんですけど、逃げ切れなかった人がまだ、近くの建物の中にいるんです」

動揺するヒイロに、レッグスがすかさず答える。

ヒイロは住民の安全を優先するため、すぐに行動に移った。

退路《たいろ》を塞《ふさ》いでいた燃え盛る死体達の方に片方の手のウォーターの水を向けて火を消しつつ、冒険者達に向かって指示を飛ばす。

「後方の死体達は爆発に巻き込まれてあらかたいなくなってます。炎を消して退路を確保しておきますので、皆さんは逃げ遅れた人達を連れて避難してください！」

冒険者達はヒイロの呼びかけに、彼の出す水を浴《あ》びて近くの建物の中に入り救助活動をしたり、炎に追われて建物から出てきた住民を連れて後方に退却したりしていった。

「あんちゃん、死ぬんじゃねえぞ」

最後に建物の中から母子《おやこ》を連れて出てきたおっちゃん冒険者が一言残していき、レッグスは頷いてその背中を見送る。

ヒイロは炎が残っている周辺に自分達以外の気配がなくなったことにホッと安堵の息を漏らしながら、これ以上の延焼《えんしょう》を食い止めようと消火を続けた。

そしてその間にネイは、ヒイロ達をかばうようにジャイアントと対峙《たいじ》していた。

「えいっ！　ていっ！　やぁっ！」

炎の攻撃が再びできないように、ネイはちょこまかと移動しながらジャイアントに向かって牽制《けんせい》の雷撃を放ち続ける。

しかし、雷撃の連続使用と周りの熱でネイの体力は削《けず》られ、その動きが鈍り始めていた。

そのことに気付いて、ヒイロは一旦ウォーターを止めてコートを脱《ぬ》ぐとネイに放る。

「ネイ、そのコートを着てください！　自動温度調整が付いていますので、少なくとも熱で体力を奪われることはなくなります！」

ヒイロから投げられたコートを受け取ったネイは、袖《そで》を通しながらコートの効果を聞いて目を丸くする。

「えっ！　そんな凄《すご》いもの借りちゃってヒイロさんは大丈夫なの？」

「心配いりません。スーツにも同じ効果が付与されているんですよ」

「そうなんだ」

ヒイロの返答に安心しながらコートを完全に着込むと、確かに熱を帯《お》びていた身体から熱さが引いていき、ネイはふぅっと一息ついて自分の身体を見渡す。

「これいいな。私も一着欲しいわね。でも、とりあえず今は――」

お陰で戦いやすくなったと、ネイはジャイアントを見据える。

「水の剣は今は使えない。周囲の水分を集めるわけだから、ヒイロさん達が消火に使ってる水まで吸収しちゃうものね。だったら消火が終わるまで、私がアイツを抑える」

ネイは意を新たにして、ジャイアントへの雷撃攻撃を再開した。

「レッグスさん達は避難しないんですか？」

ネイの動きに精悍《せいかん》さが戻ったことを確認したヒイロは、近くにレッグス達が残っていることに気付いて声をかける。すると、レッグスは軽く微笑んで肩を竦めてみせた。

「まだ、前の方の死体達も残ってますからね。ヒイロさん達がジャイアントの相手をしている間の足止めくらいはやりますよ」

「無茶しないでくださいよ」

「ヒイロさんほどの無茶はしないっすよ」

ヒイロの言葉にバリィが笑いながら答えると、レッグス達も「そりゃそうだ」と笑う。

ヒイロは（無茶したくてしてるわけじゃないんですけどね）と思いつつ、そんな彼らに苦笑いを向けた。

「手伝うぞ」

ネイが牽制の雷撃を放っている隙《すき》を突き、いつのまにか、テスリスがジャイアントの上半身の右手の側に来ていた。

テスリスはバトルアックスを振り上げると、地面に突いていたジャイアントの右手の小指を切り落とした。

「ふん！　指がなくなれば踏ん張りも利かなくなろう」

小指に続いて薬指、中指と切り落としていき、次は人差し指だというところで、テスリスの頭上に影がさす。

「ん？　……なにぃ！」

見上げたテスリスが驚きの声を上げる。

頭上に、下半身の右足の裏が迫っていたのだ。

「危ない！」

咄嗟にネイが横から飛びつき、テスリスとともに転《ころ》がるように避けると、先ほどまで彼女達がいた場所に足が振り落とされ、地響《じひび》きが起こる。

「くぅ……こいつら好き勝手動いてると思っておったが、連携もするのか」

「ヒイロさんが髑髏の蜘蛛同士で情報を共有してるって言ってたから、連携は難しくないと思う……うわっ！」

ネイとテスリスは再び二人揃ってその場から転がるように飛び退《の》く。そこに、ジャイアントの下半身の蹴りが振り子のごとく通りすぎていった。

「上半身の炎攻撃も大概だけど、物理攻撃は下半身の方がヤバイわね」

「確かに、攻撃を封《ふう》じたいが、あのぶっとい足を切り裂くのはさすがに不可能だぞ」

互いに顔を見合わせて顔を引きつらせるネイとテスリス。

「雷撃が効かなかったらジリ貧《ひん》だわ、これは」

「うむ、さすがの私もあの蹴りは受け止められん。アレはヒイロ殿の管轄《かんかつ》だ」

どうしようかと二人が悩んでいると、ネイの牽制が途《と》切《ぎ》れたことでジャイアントの上半身が新たな火球を生み出していた。

「やばっ！」

ネイは咄嗟にテスリスに覆い被《かぶ》さるように抱きつく。火球相手に自分が盾になることでどうにかなるとは思っていなかったが、テスリスの子供のみたいな容姿《ようし》に釣《つ》られて取った無意識に近い行動だった。

「な⁉　ネイ殿！」

防具的に自分より薄いネイに庇《かば》われ、テスリスは驚きの声を上げる。しかし、その言葉の続きは彼女達の足元に着弾した火球の爆音に掻き消された。

「ネイ！　テスリスさん！」

周りの家々を燃やしていた炎をあらかた鎮火《ちんか》させ、安堵しながら顔を上げたヒイロは、視線の先で爆発が起こったのを見て瞳に絶望《ぜつぼう》の色を宿す。しかしそれは一瞬のことで、ヒイロはすぐに駆け出した。

「くっ！　ウォーター！」

近くまで駆けつけ、大通りのど真ん中で燃え盛る炎に水をかける。

「テスリス！　ネイさん……」

「くそっ！　これじゃあ……」

「うそ……」

ヒイロに続いて駆けつけたレッグス、バリィ、リリィの三人は、その炎の勢いに言葉を失う。それでも生きてさえいてくれればパーフェクトヒールでなんとかなると、希望を捨てないヒイロの消火活動でどうにか火が消えたのだが……

「……えっ？」

消えた炎の中から現れた二人の姿を見て、ヒイロはポカンと口を開けた。

辺りの石畳でできている地面ですら黒く焦《こ》げているのに、二人に傷付いた様子が見受けられなかったからだ。

テスリスは若干鎧がすすけているが、ネイに至《いた》っては全くの無傷だった。

ヒイロは唖然としたままネイを指差す。

「なんで？」

「それは私が聞きたいわよ」

無傷のテスリスに喜ぶレッグス達が集まる中、ヒイロが疑問の声をぶつけると、ネイは反対に聞き返した。

「あの妖魔の炎で散々ダメージを受けた私が、今回は無傷って……考えられるのはこのコートなんだけど……これ、一体なんなの？」

そう聞いてくるネイに、自分が身に纏っていたコートに水蛇神《すいじゃしん》の鱗帝衣《りんていい》などという大層な名前が付いていることすら知らないヒイロは、目をパチクリさせながらしきりに首をひねるだけだった。

「一度、鑑定《かんてい》してみるべきかしら……って、またっ！」

どすんっ！

皆が集まったところに再びジャイアントの下半身の足が振り下ろされ、ヒイロ達はその場から蜘蛛の子を散らすように四方八方に逃げる。

「コートも気になるけど、まずはこっちをなんとかしないと！」

苛立つネイが叫びながら意味ありげな視線を送ると、視線を受けたヒイロが無言で頷く。

「ウォーターー！」

ネイの意図を酌《く》み取《と》りヒイロはウォーターの水を彼女目掛けて放つ。ネイは水が自分にかかる前に、水の剣の柄《つか》を掲げると、全ての水を吸収させて水の刃へと変換させた。

ヒイロの水を直接ジャイアントにかければ作業的には楽そうだが、彼のウォーターの出し方では、自分達の足元まで濡らしてしまってネイの雷撃の影響を受けかねない。

そのことを危惧しての行動だった。

「はぁっ！　いっけぇーーーーー！」

ネイは雷撃を纏わせた水の刃を振り下ろして、ジャイアントの上半身に向かって飛ばす。

雷撃を纏った水の刃は弧《こ》を描《えが》き、ジャイアントの上半身の首の付け根辺りに着弾。そこから流れる水に任せて効果範囲を広げていった。

姿勢の問題で水がかからない部分もあったが、ジャイアントの上半身の身体に取り付いていた髑髏の蜘蛛の七割ほどが、雷撃付きの水に呑まれ地面に落ちていく。

髑髏の蜘蛛の数が減ったことで、ジャイアントの上半身は意識を失ったかのようにその場に崩れ落ちた。

「よしっ！」

ズズーン！　という地響きを上げながら崩れ落ちるジャイアントの上半身を見て、ネイがガッツポーズを取る。そしてすぐさま、次の標的であるジャイアントの下半身に視線を向ける。

するとジャイアントの下半身は、怯《おび》えたようにビクッとその身を震《ふる》わせた。

「そんなに怖がらなくても、痛くしないから」

ニヤニヤしながらネイが一歩踏み出すと、ジャイアントの下半身はずりずりと足の裏を引きずって後ずさる。

「すぐに終わるから」

悪ノリして水の剣の柄を掲げるネイの言葉に、ヒイロは苦笑いを浮かべながら再びウォーターを発動しようとしたのだが……

「‼」

【気配察知】に反応があったために、目を見開きながら後ろを振り返る。

彼が振り返った先には、建物の間の小道から飛び出してくる少女の姿があった。

少女は大通りに飛び出してくると、ジャイアントの下半身を見つけて驚いた表情で見上げながら足を止める。少女を追うように死体が三体、彼女の背後から姿を現した。

「まずいです！」

少女の危機にヒイロが駆け出し、その叫びを聞いて振り返ったネイも目を見開く。

「1パーセント！」

20パーセントまで【超越者】を上げていたヒイロは少女に走り寄ると、そのままの勢いで保護に移るのは危険と判断して、限界まで力を下げて彼女を抱き上げる。

「【縮地】！」

そこに、ネイが超速移動のスキルでヒイロと死体達の間に割って入り、すかさず死体に向かって電撃を放った。

ネイの雷撃を受けた死体が倒れると同時に、レッグスがヒイロのもとに辿り着く。ヒイロはレッグスに少女を託《たく》し、ネイをフォローするために彼女の所へ駆けつけたのだが、残った二体の死体の背後からローブを身に纏い、フードを目深《まぶか》にかぶった人影が姿を現した。

「新手《あらて》？　死体が増えても戦力にならないわよ」

ネイは新しく現れた人影に手の平を向けたが、俯《うつむ》き気味だったその人影が頭を上げて顔を晒すと、彼女は息を呑んだ。

顔色は土気色で確かに他の死体と同じなのだが、その目には強い意思を思わせる光があったのだ。

「何、こいつ……死体なの？　人なの？」

「ネイ？　その後ろの死体は……んん⁉」

ネイの異変に気付いたヒイロもその人影に目をやり、彼女と同じく困惑する。

それは、二人の動揺が生んだ一瞬の空白《くうはく》の時間。そのわずかな隙を見逃さず、ローブの男がカッ！　と目を見開いた。

「ダークネス・スインク・マインド」

その抑揚《よくよう》のない言葉を聞いた瞬間、ヒイロの意識は暗闇へと落ちていった。

どさっ……

「ヒイロさん‼」

突然倒れてしまったヒイロに驚き、ネイは慌てて片膝をついて彼の上半身を抱き起こす。

しかしヒイロは白目を剥《む》き、首や手をダラリと下げていた。

「ヒイロさん！　一体、どうしたんですか！」

「どうしたんですか？　ネイ……って、貴方は！」

ネイが動揺しながらヒイロを揺さぶっていると、偵察《ていさつ》を終えたレミーが屋根の上からネイの側に降り立ち、フードの男を見て驚きの声を上げた。

「知ってるの？」

片膝をつきヒイロを抱きかかえたままのネイが聞くと、レミーが生唾《なまつば》を呑みながら頷く。

「……恐らく、ナリトセス侯爵《こうしゃく》家のご長男です」

「ナリトセス侯爵家って……あの国一番の美人の婚約者《こんやくしゃ》だった？」

驚くネイにレミーも困惑しながら口を開く。

「聞いていた特徴が一致してますから、多分間違いないと思います」

「半分正解かな」

レミーの言葉に答えるように、ローブの男がしわがれた声を発した。

ネイとレミーが注目する中、男は口角を上げながら言葉を続ける。

「確かに肉体はそいつのものだが、中身は……違う」

「違うって……まさか、取り憑《と》いているの？」

「正確には【精神移植《せいしんいしょく》】というスキルなんだが、まあ、似たようなものだ。この肉体で戦っていくら傷付いても、本体が無事なら死ぬことはない。実に見事なスキルだろ」

得意げに語る男に、ネイはあからさまに嫌悪感を抱く。

「ふん、表立って戦うこともできない、腰抜けにピッタリなスキルってわけね」

本音《ほんね》半分、挑発半分のネイの言葉に、それでも男は怒ることなく逆に笑ってみせた。

「ふっはははははは、それは仲間にもよく言われるよ。だが、本体の安全さえ確保できていれば無敵のスキルなのも確かだろ」

「開き直り？　最悪の性格をしてるようね」

挑発に乗ってこない男にネイが苛立っていると、レミーが口を挟む。

「今、仲間って言いましたね。貴方、一体何者なんですか？」

相手の正体の核心《かくしん》に迫る質問。それを遠回《とおまわ》しではなく直接ぶつけてきたレミーに対して、男は楽しげに口を開く。

「俺はこの国を混乱に陥れた張本人であり、魔族に属する者で名をグレズムという。まあ、覚えておいてもらおうか……橘 翔子《たちばなしょうこ》」

橘翔子、それはネイの本名であり、この世界では名乗っていない名だ。

自らを魔族と名乗り、自分を本名で呼んだローブの男に、ネイは一瞬目を見開いた後で、キッと睨みつけた。

「ふーん、つまりはこの街に呪術を撒き散らした張本人ってことね」

「その通り。せっかくこの国を落としに来たというのに、結界と、その後に現れたお前とその男に計画を台なしにされた滑稽な男さ」

芝居《しばい》掛かったように両手を広げ、グレズムは言葉を続ける。

「この街に住む弱い立場の貴族を唆《そそのか》し、そこから国の中枢《ちゅうすう》に与《くみ》するほどの連中まで引き込んだ。結界などという障害は、時間をかければどうとでもなるものだったというのに……」

そこまで言うと、グレズムは冷ややかな視線をネイと意識のないヒイロに向ける。

「それなのに、お前達が現れた。橘翔子、お前とわけの分からない魔法で呪術を消してしまうその男がな。それも、さっきの闇魔法で纏めて戦闘不能に追い込むつもりだったのだが……何故、お前は無事なのだ？」

そう言いながらグレズムは興味深げな視線をネイに投げかけるが、彼女は聞き慣れない単語が気になりそれを口にする。

「闇魔法？」

「ああ、闇魔法の中でも精神を心の奥底に封じる究極《きゅうきょく》の精神魔法だ」

グレズムはご丁寧に説明した後で、もう一度ネイを見据えて「何故効かない？」と疑問を投げかける。

「そんなの知らないわよ。私の魔法抵抗が貴方の魔法に勝ったんじゃないの？」

「そんなはずはない。今の魔法に耐えるには、少なく見積《みつ》もっても三万近い精神力が必要な筈だ」

　自分の魔法が効かなかった秘密をなんとか聞き出そうとするグレズム。しかし、その理由が水蛇神の鱗帝衣の効果の一つである精神干渉妨害《かんしょうぼうがい》によるものだと知らないネイは、しきりに首をひねるだけだった。

「……まあ、いい。恐らくは勇者の特性の一つということだろう。精神系の魔法が勇者に効かないと分かっただけでも良しとしよう」

　口を割らないネイに嘆息しながら、グレズムは次の一手を打つために魔力を高める。

　辺りの景色が歪んで見える錯覚《さっかく》すら覚えるその膨大な魔力に、ネイは側にいたリリィにヒイロを預けて慌てて立ち上がった。

「なんなの……その魔力は……」

「何故俺がこの男に憑依《ひょうい》していると思う？　それは、この男の魔力のキャパシティが異常に大きかったからだ」

　ニヤリと笑うグレズムに、ネイとレミーは身構えながら息を呑む。

「まさか……そのためだけに？」

　魔力の高い入れ物欲しさにその男を殺したのか、というレミーの疑問に、グレズムは更に邪《よこしま》な笑みを浮かべることで応えた。

「何か問題があるのか？　なにせこの男、貴族だからと魔法の修練《しゅうれん》を本格的にやっていなかったために本人も気付いていなかったようだが、魔力だけなら賢者《けんじゃ》クラスよ」

グレズムはそう言いながら、辺りにいた蜘蛛を自身の身体に集めていく。

「先ほどの魔法で失った分のＭＰをこの骨蜘蛛《ほねぐも》達で補充《ほじゅう》すれば、魔法で俺に勝てる者はまずいない。ふふふっ、精神系の魔法は効かなかったが、純粋《じゅんすい》な攻撃魔法ならどうかな？」

自身の優位を疑わないグレズムの言葉に、少女とヒイロを託されたレッグス達を庇うように、ネイとレミーが武器を構えた。

第8話　クラリトス

城門の前は、大混戦となっていた。

武器と武器がぶつかり合う金属音、攻撃を繰り出す時に発せられる気合いの声。それに、目まぐるしく変化する戦況に対応するために走り回る騎士達や冒険者だった者達の足音。

それらを聞きながら、バーラットは悠然《ゆうぜん》と歩く。

戦況は、ヒキタクテヤにはベルゼルク卿が、カマセーヌにはマスティスが、その他の冒険者達には近衛騎士団が対応するという形に落ち着いていた。

そんな中、バーラットは一人、視線を一点に固定させながら歩く。途中、魔法が近くで爆発したり、敵に押し込まれた騎士が背中からバーラットにぶつかってきたりもしたが、そんなことは気に留めずに、彼は静かに突き進んだ。

そして乱戦のど真ん中を通り抜け、冒険者の中に紛《まぎ》れ込みながら自分は動かずに後方に佇《たたず》んでいた、一人の男の前に立つ。

「おや、バーラットさん。貴方は戦いに参加しないんですか？」

帽子《ぼうし》を目深にかぶりローブを羽織《はお》った小柄な男は、バーラットが目の前に来たのにもかかわらず落ち着いて口を開く。その口調には相手を小馬鹿にしたような空気が含まれていたが、当のバーラットは厳しい眼光《がんこう》で男を見つめていた。

「……何故、こんなことをした？」

やおらバーラットの口から出た疑問に、男は「ん？」と小首を傾げた後にすっとぼけたように口を開いた。

「こんなこと……というと？」

「決まっているだろ。この国に呪術を撒き散らして混乱に陥れた奴に協力したことだ」

「ああ、そんなことですか」

いちいち癇《かん》に触《さわ》る口振りに、バーラットは一瞬、ギリッと奥歯を噛みしめる。しかし大きく一度深呼吸をして、話を続けた。

「今のお前を見たら、死んだ親父さんが悲しむぞ」

「ははっ、お涙頂戴《ちょうだい》ですか。説得としては古いですね。だけど――」

その男――クラリトス男爵《だんしゃく》は帽子を取り、今までの小馬鹿にしたような態度から一変、冷ややかな視線をバーラットへとぶつけた。

「あんな無能な父親に悲しまれても、何の感情も湧かないですね」

「なっ！　お前は‼　……」

かつての友をその息子に侮辱《ぶじょく》されてバーラットが初めて憤《いきどお》りを見せると、クラリトスはニヤァと笑みを浮かべる。

「大体、あの術士と知り合った僕が、最初に依頼したのはあの無能者の始末なんですよ。代償《だいしょう》は私の屋敷を彼の潜伏《せんぷく》場所として提供することでした。いやぁ、実にいい取り引きだったなぁ」

実の父親への殺害依頼をまるで手柄のように語るクラリトスを、バーラットは噛み締めた歯を剥き出しにしながら睨みつけ、拳が震えるほど固く握《にぎ》る。

「あいつを殺したのはお前だったのか……実の息子に殺されるなんて、あいつも無念だったろうに」

「アッハハハ、殺したのはあの術士ですよ。僕じゃありません。大体――」

そこまで言うと、クラリトスは愉快《ゆかい》そうだった表情を不満顔に変える。

「あの男は、貴族としての誇《ほこ》りを捨てた貴族の風上《かざかみ》にも置けない奴だったんですよ。死んで当然でしょ」

「確かに貴族としては落第点《らくだいてん》だったかもしれん。だがそれでも、お前にあいつを殺す権利はない筈だ」

「殺したのは術士だって言ってるでしょ。それに、権利と言うのなら、あの男が死なないと僕が家督《かとく》を継《つ》げないのですから、僕には殺す権利があったんですよ」

自分の意にそぐわないモノは全て罪だとでも言いたげなクラリトスの物言いに、友人の息子だからと説得から入ろうとしたバーラットがついに槍《やり》を構える。

「あまりに自分勝手な理由だな、おい。ルンモンド伯爵家《はくしゃくけ》のお嬢《じょう》さんも、お前が手に入れたいという理由だけで呪術にかけられたのか？」

「ええ、あそこのお嬢さんは見た目はいいですからね、呪いを治して惚《ほ》れてもらう予定だったんですよ。せっかく僕の嫁《よめ》になるチャンスだったのに、貴方の仲間のせいで潰されてお気の毒でした。まぁ、この反乱が成功して僕がそれなりの地位を手に入れたら、もう一度チャンスを与えますのでバーラットさんは気に病むことはありませんよ」

どこまでも自分本位にそう言って、クラリトスはローブを脱ぐ。その下から現れたのは、貴族服に包まれた貧相《ひんそう》な肉体。それに、胸と両肩に付いた三匹の骨蜘蛛だった。

「ちっ、随分と余裕がありやがると思ったら、てめぇも人間をやめているのか」

少し警戒するバーラットに、クラリトスは呆れたように肩を竦めながらフゥとため息をつく。

「捨て駒と一緒にしないでください。あいつらが使ったのは、魔物から生まれた骨蜘蛛、これらは人から生まれた骨蜘蛛ですよ。こいつらは生物のMPを吸収しつつ、自分が寄生《きせい》した生物の人生の情報すら奪って生まれてくるんです」

「人生の情報?」

訝しむバーラットに対して、クラリトスは冒険者だった者達の方を指差す。

「もし、魔物から生まれた骨蜘蛛なら、あいつらみたいに魔物の特徴が外見に表れます。だけど、僕が付けている人間から生まれた骨蜘蛛の場合、その人間が習得したスキルや魔法の情報が入っているんですよ……こんな風にね。【身体強化】!【瞬歩《しゅんぽ》】!」

クラリトスは二つのスキルを発動させると、一気に間合いを詰めてバーラットの構えている槍の穂先《ほさき》の付け根辺りを掴んだ。

「ちっ、全ステータス強化系のスキルと、移動系のスキルか!」

「ふふっ、この骨蜘蛛達はね、優秀《ゆうしゅう》な前衛冒険者とトウカルジア国のシノビ、それに教会の神官から生まれた骨蜘蛛なんですよ。【身体強化】は冒険者のスキル、【瞬歩】はシノビのスキルです」

「そうかよ！」

敵の武器を掴んで余裕なのか、自慢げに説明してくるクラリトスに対して、バーラットが力一杯槍を引く。

「あっ！」

するとあっさりと、クラリトスの手から離れて槍が自由になる。

思ったより抵抗なく槍を引き抜けたことに、バーラットは訝しげに自身の槍の穂先を見つめたが、あることに気付いてニイッと笑った。

「そうか、身体強化系のスキルは元々のステータスが基準《きじゅん》となって底上げされる。そのスキルを有効に使えるほど、お前のステータスは高くないってことだな」

バーラットの推測通り、【身体強化】は全てのステータスを一・五倍にするスキルだった。

クラリトスの身体は同年代の男性と比べてあまりに貧相で、こと体力、筋力、敏捷度《びんしょうど》に至っては平均の七割程度。それを一・五倍にしたところで平均を少し上回《うわまわ》る程度でしかなく、バーラットの足下にも及ばない。

だが、自分が人より劣《おと》っているということを認めないどころか考えもしなかったクラリトスは、右肩に付いていた骨蜘蛛を掴んで地面に叩きつけると、思いっきり踏み潰した。

「なんだこの骨蜘蛛は！　使えないスキルを僕に使わせやがって！」

スキルの成果のなさを全て骨蜘蛛のせいにして何度も踏みつけたクラリトスは、荒くなった息を整えると、新しい骨蜘蛛を腰のマジックバッグから取り出して右肩に付ける。

「今度の骨蜘蛛は前のと違って優秀ですよ。トウカルジア国のサムライの物です」

言いながらクラリトスは、マジックバッグから直刀を出す。

「サムライの剣術系スキルは凄いですよ。バーラットさんでも勝てるかどうか……痛っ！」

直刀を出したはいいが、その持ち方はあまりに素人《しろうと》臭く隙だらけ。バーラットが冷ややかな視線を向けながら無造作《むぞうさ》に槍を突き出すと、クラリトスの肩にいとも簡単に刺さった。

実は狙っていた右肩の骨蜘蛛に避けられたためにバーラットが舌打ちしていると、クラリトスはヨロヨロと後退して槍の穂先を引き抜き、自分の肩を見ながら叫びを上げる。

「痛い、痛い、痛い！　生命の根源《こんげん》たる……ああ、痛いぃぃぃぃぃぃっ！」

ヒールの回復魔法を唱《とな》えようとしていたが、痛みで集中できなかったのだろう。クラリトスは呪文を中断してマジックバッグからポーションを取り出し、乱暴に飲み始める。

そして傷の痛みが引いたのか、キッとバーラットを睨みつけた。

「喋《しゃべ》っているのに攻撃を仕掛けるなんて、あんまりだ！」

「戦っている最中にベラベラ喋っている方が悪いと思うぞ。それにしても……その骨蜘蛛っていうやつは、スキルや魔法は記憶していても、戦闘経験までは記憶してないみたいだな」

槍を肩に担《かつ》ぎ、冷静に骨蜘蛛の性質を分析するバーラット。

スキルも魔法も、積み上げた戦闘経験という土台があるからこそ有効に活用できるというのがバーラットの持論だった。もっとも最近は、強大すぎるスキルで戦闘経験という土台を無視して活躍するヒイロの存在がその持論を揺るがしているのだが。

「戦闘経験？　そんなもの、秀逸《しゅういつ》なスキルや魔法の前では何の役にも立ちませんよ」

小馬鹿にしたように吐き捨てると、クラリトスは剣を上段に構えた。

「【兜割《かぶとわ》り】！」

自身の言葉の正当性を証明するように、クラリトスはスキルを発動させて大振りにバーラットの頭へと剣を振り下ろす。

【兜割り】は実際は、鉄の兜すら叩き割るサムライの剛のスキルである。しかし事前の隙作りもなく単体で繰り出された【兜割り】はただの大振りにすぎず、バーラットは一歩横に移動しただけであっさりと躱す。

「くっ、避けられた？　だったら、【死連突《しれんづ》き】！」

喉、心臓、鳩尾《みぞおち》、丹田《たんでん》と四箇所にほぼ同時に突きを放つスキル【死連突き】。剣戟《けんげき》の合間に使われたら恐ろしいことこの上ないスキルも、単発かつ間合いもめちゃくちゃとあっては、ほとんど意味をなさなかった。

バーラットはバックステップで間合いを外していとも簡単に突きを躱すと、逆に槍の長いリーチを生かしてクラリトスの肩と胸を突き刺す。またもや骨蜘蛛を狙った攻撃だったが、蜘蛛にあっさりと躱されてバーラットは「むぅ」と唸《うな》った。

「痛い！　痛い！」

痛みに耐えかねたクラリトスが、剣を放して傷口を押さえながら転げ回る。

痛みに耐えられる精神力がなければ、せっかくの神官の魔法を使える骨蜘蛛も無駄だろうに。バーラットがそう思っていると、クラリトスはなんとかポーションを取り出して慌てて飲んだ。

「くそっ！　なんで当たらないんだ！」

回復して立ち上がるクラリトスを、それはお前の戦闘の組み立てが悪いからだと内心思いながらバーラットは嘆息する。

そんな彼の態度に、クラリトスは見下されていると気付いたのだろう。バーラットの後方で戦っているヒキタクテヤやカマセーヌの方に、苛立ったように視線を向けながら叫んだ。

「お前ら、そんな奴らに何を手間取っている！　さっさとこっちに来て加勢しないか！」

しかしその視線の先では、既に勝負がついていた。

「【豪槍撃《ごうそうげき》】！」

ベルゼルク卿の豪快なハルバードの一撃で、ヒキタクテヤの頭が粉々《こなごな》に弾《はじ》け飛ぶ。頭を失ったヒキタクテヤの身体がその場で崩れ落ちるのを信じられない面持ちで見ていたクラリトスは、慌ててカマセーヌの方に視線を移すか、そちらも丁度《ちょうど》決着がつこうとしていた。

「【神速《しんそく》】」

【縮地】の一ランク下の高速移動スキル【神速】を発動させたマスティスが、カマセーヌの前からあっという間に彼の背後へと回り込む。その時点で、鞭《むち》のようにしなっていたカマセーヌの右腕は切り飛ばされた。

「【神速】」

マスティスは続けざまに【神速】を発動させると、振り返ったカマセーヌの背後に再び回り込み、それと同時に今度は左腕が宙に舞う。

目にも留まらぬ移動速度を誇る【縮地】と異なり、【神速】は初動の時に現れる残像《ざんぞう》で移動方向をある程度見抜かれてしまう。しかし戦闘経験の差か、間合いを詰めるという使用方法しか行ってこなかったネイとは違って、マスティスは連続使用で相手の視界から常に外れると同時に、スキル発動中に斬撃を加えるという高等技術をやってのけていた。

「【神速】」

そして三度目のスキルの発動でカマセーヌの首が飛んだ。

倒れるカマセーヌの身体を背に、マスティスは爽《さわ》やかな笑みを湛えながら、誇らしげに剣を掲げてみせた。

バーラットはそんな三下を倒したくらいで勝ち誇るなと苦笑いを浮かべて、視線をクラリトスに戻す。

「あ……ああ……」

当のクラリトスはといえば、事の成《な》り行《ゆ》きを呆《ほう》けたように見届けると、掠《かす》れた呻き声を漏らしていた。

しかし、少しすると歯を食いしばって呻くのをやめ、恨《うら》めしそうな視線をバーラットへと向ける。

「くそっ！　なんで僕の邪魔をするんだよ！」

「そんなこと言われてもなぁ……陛下を殺そうとしてんだから、そりゃ邪魔するだろ」

近衛騎士団が対応していた他の冒険者達もどんどん倒されていく中、クラリトスが癇《かん》癪《しゃく》を起こしたように吐き捨てた言葉に、バーラットは心底呆れて言葉を返す。

「こうなったら、役に立たないあいつらなんか当てにしないで、僕がお前らを全員やっつけてやる！」

「やっつけるって……」

圧倒的に不利な状況を覆《くつがえ》せると考えているクラリトスのことを、なんでもできると思い込んでいるガキのようだと思いながら、バーラットは槍を構える。

「できやしねぇことを口にするんじゃねぇよ」

「できるさ。こいつがあればね」

クラリトスはそう言って、いつのまにかマジックバッグに突っ込んでいた手を引き出す。その手にはまたしても一匹の骨蜘蛛が握られていた。

「またそいつか。どんな力を持ってるか知らんが、お前が使ってもたかが知れてるぞ」

「ふん！　こいつは他の骨蜘蛛とは違うんだ。術士がこれを使えばどんな奴にも負けないって言ってたからね」

「どんな奴にも負けない？　……おい、そいつを付けるんじゃねぇ！」

クラリトスほどのひ弱な男がそこまで強くなるというのであれば、人から作られた骨蜘蛛ではない。そう判断したバーラットが叫ぶが、クラリトスはそれを無視して握っていた骨蜘蛛を胸に押し当てた。そして――

「ぐっ……ぐがぁ‼」

クラリトスが変化し始める。

ガリガリだったクラリトスの身体が風船に空気を入れるように膨らみ始め、着ていた服が破れていく。

身体の膨張はそれでも収まらず、最後にはバーラットの三倍ほどの大きさになった。

「もしかして、ジャイアントから作られた骨蜘蛛だったのか？　ふん、てめぇも術士から捨て駒にされてんじゃねぇか」

バーラットが哀《あわ》れみの視線でクラリトスだった者を見上げていると、いつのまにかバーラットの顔の横に来ていたニーアが目の上に手でひさしを作って見上げていた。

「ほへー……大っきいなぁ。ねぇ、ぼくヒイロの所に行った方がいい？」

巨大な敵の出現に、ニーアはバーラットを振り返ってお伺いを立てる。

しかしバーラットは、静かに笑ってかぶりを振るのだった。

第9話　精神世界

ヒイロが気が付くと、そこは闇一色の世界だった。

視界は闇に覆われて、目を開けているのか、瞑っているのかも分からない。

驚きに声を発するも、声が聞こえないどころか喉の震えすら感じられず、本当に声が出ているのかも怪《あや》しい。

何も匂わない上に肌に触れる服の感触すらない。

一体これはどういう事態なのかとキョロキョロと辺りを探ろうとするが、身体を動かしている感覚すらなかった。

（これは……もしかして私は死んでしまったのでしょうか？）

脳裏《のうり》にそんな考えが浮かび、ヒイロは愕然《がくぜん》とした。

この世界に連れてこられた当初、死をあっさりと受け入れたヒイロだったが、今はあの時と状況が違う。

自分の死を穏《おだ》やかに認めるには、今のヒイロにはあまりにしがらみが多すぎた。

（ネイは無事なんでしょうか？　レッグスさん達は？　バーラット、ニーア、レミーも今頃戦闘になってるかもしれません。ああ、心配です……）

死んだかもしれない自分のことよりも残してきてしまった仲間のことが気になり、ヒイロはやきもきし、そして一人、闇に閉ざされ何もできない孤独《こどく》な自分に悲しみを覚えた。

と、そんなヒイロの前に突然二つの光が現れる。

（まさか、お迎えですか？　待ってください！　私にはまだやることがあるんです！）

声が出ないなりに必死に延命《えんめい》を懇願するヒイロに、光の一つから困惑気味に女性の声が放たれた。

〈えっと……なんのことでしょう？　宿主殿《やどぬしどの》〉

それは声であって音ではない、意識に直接浮かんでくるような感覚だった。

ヒイロが困惑していると、もう一つの光から男の声が響《ひび》く。

《どうやら、宿主殿は自分が死んだと思っているらしいな、我が付いている以上、あの程度の輩《やから》に殺されるなどあり得んというのに、この宿主殿ときたら……》

（死んでない……んですか⁉）

〈はい、死んではいませんよ〉

小言のようになり始めた声を遮りヒイロが驚くと、初めの優しい女性の声が返事をする。

〈では、ここは一体？〉

〈ここは宿主殿の精神世界。宿主殿の世界の言葉で言い換《か》えるなら、深層心理の奥底と言えばいいでしょうか〉

〈私の心の中……ですか？　何故そんな所に私はいるんでしょうか？〉

《それは、宿主殿が我の力を使わなかったからだ》

ヒイロの疑問に、責めるような男の声が返ってくる。そこでふと、ヒイロは疑問に思った。

〈えっと……そういえば貴方がたは一体、どちら様でしょうか？〉

ここが自分の深層心理の奥底だと言うのなら、自分は一体誰と話しているのか？　もしかして自分はおかしくなってしまっているのではないか、という不安すら覚えたヒイロの質問に、女性の声がウフフ、と柔《やわ》らかく笑う。

〈申し遅れました。私は【全魔法創造】です。宿主殿、以後お見知り置きを〉

《我は【超越者】だ》

女性の声が丁寧に【全魔法創造】と名乗った後に、男の声がぶっきら棒に【超越者】と名乗る。

それを聞いて、ヒイロは「はぁ？」と目を丸くした。

〈【全魔法創造】さんと【超越者】ですか!?〉

〈はい〉

《うむ》

〈……それはそれは、いつも大変お世話になっております〉

肯定《こうてい》する二人にいろんな疑問はあったものの、ヒイロはとりあえず今までお世話になった礼を言う。そんな彼に【全魔法創造】はクスクスと忍笑《しのびわら》いをし、【超越者】は盛大にため息をついた。

《宿主殿、話していた相手が我らと気付いた第一声がそれか？　もっと、不審がるとか驚くとか相応《ふさわ》しいリアクションというものがあるだろう》

〈いやぁ、不審がるなんてとんでもない。この世界で私が生きてこられたのは貴方がたのお陰であることは間違いありませんから……スキルに意思があるとは思わなかったので、驚いたのは確かなんですけどね〉

〈普通はないんですよ。スキルに意思は〉

クスクス笑っていた【全魔法創造】がそう説明すると、自分の精神世界の出来事であるのに、ヒイロは「そうなんですか？」と他人事のように驚く。

〈ええ、私達は宿主殿のフォローをするために自ら意思を生み出しました〉

《まったく、お前は手のかかるしょうがない宿主殿だ。宿主殿が我々を簡単に使いこなせておれば、こんな手間をかけずに済んだものを》
〈それは、大変なご迷惑をおかけしました〉
スキルを使いこなせていない自覚があるヒイロが素直に頭を下げると、【全魔法創造】が再び優しい笑い声を零す。
〈ウフフ、それに関しては謝《あやま》られる必要はありませんよ宿主殿。私達は自我《じが》を持てて楽しくやっておりましたから。ねぇ、【超越者】殿〉
《むぅ……だが、大変な思いをしてきた時間の方が長いのも事実ではないか、【全魔法創造】》
〈あら、そうでしたか？　私は毎日が楽しくて仕方がありませんでしたが？〉
《そりゃあ、お前は魔法創造時以外、あまり忙しくないかもしれんが、常時発動型スキルの我は毎日ヒヤヒヤしながら過ごしてきたんだぞ》
〈だったら、【超越者】殿は自我なんか生み出さなかった方がよかったとお思いですか？〉
《それは……》
言い淀む【超越者】。どうやら言い争いでは、女性らしき【全魔法創造】の方が強いらしい。
口喧嘩《くちげんか》で女性の方が強いのは現実世界でも自分の精神世界でも同じなのだな、などとのほほんと感心していたヒイロはふと、和《なご》んでいる場合ではないことを思い出す。

〈そういえば、どうして私はここにいるんですか？　どうすればここから出られるのでしょう？〉

懇願するかのごとく聞いてくるヒイロに、【超越者】と【全魔法創造】の話が止まる。

そして二つの光から、憐憫《れんびん》の視線を向けられているようにヒイロは感じた。

〈……宿主殿、結論から言えば宿主殿が自力でこの状況を打破《だは》することはできません〉

〈えっ！　できない……んですか？〉

〈それは……〉

力なく聞き返すヒイロに、【全魔法創造】の光が動揺したように震えた。

《宿主殿は今現在、魔法で精神を封印《ふういん》されているのだ。我の力を解放して精神力が高い状態なら、魔法自体に抵抗することも可能だったが……封印されてしまっては、抜け出す術《すべ》はない》

言い淀んだ【全魔法創造】の代わりに【超越者】がきっぱりと言い放つ。

〈そんな……あっ！　あの時みたいに【超越者】さんの力を解放すれば〉

ヒイロは魔族の集落で純血《じゅんけつ》の魔族に操られていた時に、【超越者】の力を上げて自由になったことを思い出す。その案を嬉々《きき》として出したのだが、二つの光は首を振るように左右に震えた。

〈あの時は操られていただけでしたから、【超越者】殿の力を上げて相手の支配から逃れられました。ですが封印となると、いくら精神力を上げても解《と》くことはできません〉

〈なんと！　ではどうすれば……巨人の下半身も健在で、私を封印した得体《えたい》の知れない敵も現れたというのに……〉

残してきたネイ達が心配で、ヒイロの声が震える。そんな彼の心情を察して、【全魔法創造】が意を決したように、それでいて恐る恐るといった感じで声を発した。

〈一つだけ……宿主殿が戦線復帰《ふっき》する方法がないわけではありません〉

〈あるんですか？　でしたら……〉

《ああ。だがそれは、宿主殿の封印を解くようなものではないのだ。その方法とは――》

すぐにでもその方法を試《ため》そうとするヒイロに釘《くぎ》を刺して、【超越者】は一度言葉を切る。

真剣な様子を察したヒイロがゴクリと喉を鳴らすと、【超越者】は心苦しそうに続けた。

《――宿主殿の身体の支配権を我らに引き渡すことだ》

〈宿主殿の精神は封印されてここから動くことは叶《かな》いません。ですが、私達の意思は違います。宿主殿の意識がない今ならば、宿主殿に代わってこの身体を動かすことが可能なのです〉

【超越者】の言葉をついで、同様に心苦しそうな声色《こわいろ》で【全魔法創造】がそう言うと、ヒイロは即座に頷いた。

〈なんだ、そんなことですか。ではお願いします〉

〈ええっ！〉《はぁ⁉》

あっさりと自分の身体の所有権を引き渡そうとするヒイロに、【全魔法創造】と【超越者】が揃って驚きの声を上げる。

〈よく考えてください宿主殿！　身体の支配権を他人に譲《ゆず》るなんて、大変な行為なんですよ〉

《【全魔法創造】の言う通りだ。今日会ったばかりの我々に簡単に身体の支配権を譲るなど、考えなしにもほどがある》

すごい剣幕《けんまく》で諌《いさ》めてくる二人に、ヒイロは一瞬キョトンとした後でニッコリと微笑んだ。

〈確かに赤の他人の提案なら、私も悩んだかもしれません。ですが【超越者】さんも【全魔法創造】さんも、今まで私を助けてくれた信用のおける方々ですから、悩む必要はありませんよ。それに――〉

そこまで言ってヒイロの声色が真剣なものに変わる。

〈お二人の提案を拒《こば》んでも、私がここから出られないことに変わりはないんですよね。そのせいでネイ達が取り返しのつかないことになったら、私は後悔してもしきれません〉

《……ふぅ、聞いたか【全魔法創造】。宿主殿は自分の身がどうなろうとも仲間を救いたいらしい》

【超越者】の呆れたような言葉に、【全魔法創造】がクスクスと笑みを零す。

〈宿主殿がそんな性格なのは分かりきっていたことではありませんか、【超越者】殿。だからこそ、今まで私達は疑いもなく持てる力の全てをかけて手助けしてきたのではないのですか？〉

《そうかもしれんが……》

〈まだ宿主殿の決断に納得がいかないというのなら、まずは私が行かせてもらいます〉

《なっ！　それはないだろう、【全魔法創造】！　行くならまず我が……》

【全魔法創造】の一方的な言いように抗議《こうぎ》しようとする【超越者】の言葉を遮って、彼女はヒイロに話しかける。

〈宿主殿、私達を信用してくださりありがとうございます。ですが、一言だけ言わせていただきますと、さん付けされるのは他人行儀《たにんぎょうぎ》で好きではありません。どうぞ、次からは呼び捨てにて名前をお呼びください〉

最後に悪戯《いたずら》っぽくそう言った【全魔法創造】の光は、上に登るように消えていった。その光を頼《たの》もしく思いながら見送ったヒイロの横で、【超越者】が悔しそうに歯軋りする。

《ぐぬぬ、【全魔法創造】め、我を出し抜きおって……》

その頃、現実世界ではネイ達がグレズムへと立ち向かっていた。

ネイの放った雷撃がグレズムの身体に直撃するが、グレズムは何事もなかったようにその手をネイへとかざし魔法を発動させた。

「グランドランス」

グレズムの無詠唱《むえいしょう》の魔法発動で、ネイの足下の地面が一瞬揺れる。

「まずっ！」

咄嗟にネイがその場から飛び退いた次の瞬間、無数の鋭《するど》い円錐状《えんすいじょう》の土が、彼女のいた場所から生《は》えるように伸び上がってきた。

「ネイ！　彼は元々死体です。雷撃は効きません」

「分かってる。分かってるけど……」

ジャイアントの下半身の蹴りを大きく跳んで躱したレミーの忠告に、ネイは焦りながら応える。

ジャイアントの下半身はレミーが牽制していた。他の死体達はレッグス、バリィ、テスリスの三人がなんとか押しとどめている。

本来ならネイがジャイアントの下半身の相手をすれば効果的なのだが、グレズムが執拗《しつよう》にネイを標的とし、どうしてもそのような割り当てになってしまっていた。

「少しぐらいは痛がりなさいよ！」

言いながらネイは間合いを詰め、グレズムに向かって水の魔剣を振り上げる。

「そう言われてもな。死体に痛覚《つうかく》がないのは致《いた》し方あるまい」

手の平の前に魔法の障壁《しょうへき》を生み出し、ネイの剣を受け止めたグレズムはいやらしく笑う。

「くぅっ！　ずるいわね！」

ネイは負け惜しみのように呻いて、剣を押し込みながらグレズムの腹部目掛けて蹴りを放つ。

だがグレズムは、地面を滑《すべ》って後退して回避《かいひ》した。

「なんなのよ、その移動方法！　飛んでるんじゃないの？」

「なぁに、死体はどうしても動きが鈍《にぶ》くなるのでな、フライトの魔法で少し身体を浮かせているだけだ」

「むむむっ！　だったら【縮地】！」

【縮地】で一気に間合いを詰めてから水の魔剣を振るうネイ。しかしその攻撃も、グレズムはスルリと躱してみせた。

ネイはどうしても、【縮地】使用後に現状把握のために一瞬、動きが止まる。その一瞬の停止を利用して躱されているのだが、ネイはそれが分からず「うぬぬっ」と悔しそうに唸った。

手詰《てづ》まりになり、ネイは焦燥《しょうそう》に駆られながらチラリと後方に視線を向ける。視線の先では地面に座ったリリィと、彼女に膝枕《ひざまくら》されたヒイロの姿があった。

「せめて、ヒイロさんがいてくれれば」

「ない物ねだりをしても仕方がありませんよ、ネイ」

苦しそうに呟くネイの背後に、ファイアの魔法が込められた魔法玉をジャイアントの下半身に投げつけたレミーが背中合わせに降り立つ。

グレズムとジャイアントの下半身に挟まれた二人は、互いに焦っていた。ネイは打つ手が見つからず、レミーは仲間の目があるこの場所で更なる奥の手を使うべきかと。

リリィは心配そうに種類の違う焦りを見せる二人を見つめ、自分の膝に頭を置くヒイロへと視線を落とす。

「ヒイロ様、早くお目覚《めざ》めください。でなければ、ネイさんとレミーさんが……」

するとその時、そんな呟きに応えるように、ヒイロの目が静かに開いた。

第10話 【全魔法創造】の力

「ヒイロ様！」

歓喜《かんき》するリリィの声を聞きながら、ヒイロ――いや、【全魔法創造】はゆっくりとその身を起こした。

視線の先には、グレズムとジャイアントの下半身に挟まれて背中合わせに武器を構えるネイとレミー。更に首を動かすと、レッグス達がワイワイと死体の群れを押しとどめている姿が映る。

頬に当たる風が運んでくるのは、家だった木材が焼けた匂いと死臭《ししゅう》。耳に聞こえるのはレッグス達の騒がしい声。

五感を通して得られる情報の全てが、初めて実体を持った【全魔法創造】にしてみれば新鮮《しんせん》なものの筈だった。しかし――

〈おかしい……ですね。なんとなく、実体を通して得られる情報が懐《なつ》かしく感じます。どういうことでしょうか？　私は宿主殿の中で生まれた意識の筈なのに……〉

【全魔法創造】が軽く困惑していると、不意に服の裾を引っ張られた。

〈？〉

何かと思い【全魔法創造】が視線を下げると、ネイによって救われた少女が心配そうに見上げている。

「……大丈夫、おじさん」

「ええ、もう大丈夫ですよ」

自分を心配する少女を気遣《きづか》って【全魔法創造】が微笑むと、少女は一瞬ホッとした表情を見せた後で、すぐに泣きそうな顔になって視線を違う方向に向ける。【全魔法創造】が少女の視線を追うと、グレズムとジャイアントの下半身に挟まれて苦戦するネイとレミーの姿があった。

「ネイさんを助けて欲しいのね。お姉さんに任せておきなさい」

そう言って【全魔法創造】は、少女の頭に優しく手を置いた後でネイ達の方に向き直る。

「『欲しいのね』？　『お姉さん』？　ちょっとお待ちくださいヒイロ様！　まさか、魔法を受けた影響で意識が混濁《こんだく》してるのではないですか？」

ヒイロの様子が明らかにおかしいことに気付いたリリィが慌てて彼の手を掴むと、【全魔法創造】は平然と振り返った。

「リリィさん、私は大丈夫ですよ。それにあまり悠長《ゆうちょう》にしてる場合じゃないみたいです」

【全魔法創造】に窘《たしな》められ、リリィはハッとする。ネイとレミーが劣勢《れっせい》を強《し》いられている現状、ここでヒイロを足止めするのは確かに得策ではないと判断したリリィは、おずおずと手を放した。

なおも心配そうな顔をするリリィにニッコリと微笑んで、【全魔法創造】は静かに歩み始める。

「まずは【超越者】殿を50パーセントくらいに上げてみましょうか。宿主殿は制御《せいぎょ》しきれないと言っておりましたが、本当にできないか試してみましょう」

歩きながら【超越者】を50パーセントに引き上げる【全魔法創造】。その歩く後ろ姿が妙に色っぽい気がして、リリィはヒイロの意識が性転換してしまったのではないかとハラハラしていた。

「ダークパニッシュ」

「くうっ！」

グレズムがネイに向かって闇の玉を放つ。

当たれば精神にダメージを受ける魔法を、ネイは咄嗟に水の剣で受け止めた。

闇の玉は水の刃を吹き飛ばして消滅《しょうめつ》したが、その衝撃でネイは後方にたたらを踏み、背中からレミーにぶつかる。

「……ちょっときついわね」

衝撃でクラクラする頭を振ったネイは、すぐさま水の剣の刃を再生させようとしたが、そんなネイのお腹《なか》にレミーが手を回した。

「危ないです、ネイ！」

そのままネイを抱えるようにレミーが横に飛ぶと、今まで彼女達がいた場所を巨大な足のつま先が通過した。

「あっぶな……」

レミーとともに倒れ込みながらネイが呆然と通過していった足を見ていると、振り切った足はそこから頭上に上げられ、彼女達目掛けて振り落とされてくる。

　レミーが咄嗟に体勢を整えて再び飛び退こうとするがタイミング的に厳しい。彼女一人ならどうとでも逃げられたが、ネイを見捨てることはできなかった。

　レミーが悔しそうにジャイアントの足の裏を睨みつけていると、ジャイアントの振り下ろされていた足が突然グラついて横を向き始める。

「「えっ？」」

　どうしたのかと不思議がる二人が視線を下へと移せば、地に着いていたジャイアントの軸足《じくあし》を蹴るヒイロ《【全魔法創造】》の姿があった。

【全魔法創造】に軸足を払われて倒れるジャイアントの下半身。巨体が横の家に倒れ込み轟音《ごうおん》が鳴り響く中、【全魔法創造】はふむ、と思案《しあん》に耽《ふけ》る。

「力の加減が難しいですね。宿主殿ほどではありませんが、私でも制御しきれていません。これは確かに、力を上げるのに躊躇《ちゅうちょ》してしまうのも頷けます」

　一人納得する【全魔法創造】のもとに、我に返ったネイとレミーが駆け寄ってくる。

「ヒイロさん、復活したのね」

「精神を封印されたと聞きましたが、自力で封印を解くなんてさすがですヒイロさん」

「えっ……まぁ……そうですね」

嬉しそうなネイとレミーに、「実際はまだ身体の持ち主は封印されたままです」とは言いづらい。【全魔法創造】は時空間収納から出した鉄扇を広げ口元を隠すと、自身を守るように左腕を自分の腰に回し明後日の方に視線を向ける。

その仕草が妙に艶《つや》っぽく、喜びに見開かれていたネイとレミーの目がジト目に変わった。

「えっと……ヒイロさん……だよね」

疑心暗鬼《ぎしんあんき》のネイの横で、レミーは自身の短刀の切っ先を【全魔法創造】へと向けていた。

「いえ、ネイ。コレは明らかにヒイロさんではありません。姿形はそうですが、中身が全くの別物です」

ヒイロの動きの癖《くせ》が全く見受けられない【全魔法創造】に、レミーは偽物《にせもの》と判断して警戒を高める。そんな彼女に視線を戻した【全魔法創造】が、ニッコリと微笑んだ。

「私は動けない宿主殿の代理、と言ったところです。敵ではありませんから警戒しないでください、レミー」

そう弁解した【全魔法創造】は、ネイ達の背後で立ち上がろうとするジャイアントの下半身に気付いて目つきを鋭くする。【全魔法創造】の緊迫した視線から察してネイ達が振り返ると、ジャイアントの下半身は完全に立ち上がっていた。

「まったく、本体へのダメージが無意味というのも困りものですね。エアカッター！」

【全魔法創造】が鉄扇を振り下ろしながら放った風の刃はジャイアントの下半身の股《また》を

縦《たて》に裂き、右足と左足に分断する。それでもバラバラに立ち上がろうとする二本の足に、【全魔法創造】は面倒くさそうに眉間に皺を寄せた。

「これは元からなんとかしなければいけませんね」

そう言うと【全魔法創造】は大きく息を吸い込んだ。

「えっ、元からってどうする気？　ヒイロさん」

ヒイロの意図することが分からないネイが見つめる先で、【全魔法創造】は大きく口を開ける。そして――

「ラー、ラ、ラーーー、ラララ、ラーーー……」

【全魔法創造】の口から流れてきたのは、高音の美しい旋律《せんりつ》。

その音は風魔法に乗って、都市の細部にまで響いていった。

（【全魔法創造】さんは一体、何をする気なんでしょうか？）

精神世界。闇の中にぽっかりと浮かんだ【全魔法創造】の視界を通した景色を見て、ヒイロは【超越者】の方に振り向く。

《ふむ……あれは呪文や魔法陣などがまだなかった頃の、今は失われている原始の魔法だな》

自身の記憶を探るように答える【超越者】に、ヒイロは目を丸くした。

（原始の魔法？　私はそんな魔法知りませんよ？）

《【全魔法創造】は全ての魔法を司《つかさど》る魔法のスペシャリスト。奴の知らない魔法などない》

（それは凄い。それでどんな効果がある魔法なんでしょうか？）

《それは知らん。声に魔力を乗せて声の届く範囲に影響を与える魔法だったと思うが……音程によって異なる効果を発揮する魔法故、あの旋律にどのような効果があるかまでは、我には分からん》

（そう、なんですか）

効果は分からないが、【全魔法創造】が今の状況を打破するために発動した魔法。それに期待を込めて、ヒイロは視線を視覚情報の景色へと戻した。

「テスネスト様！　こちらの方もお願いします」

「分かりました！　そちらに寝かせておいてください」

弟子の一人が肩を貸して運んできた衛兵《えいへい》を、地面に寝かせるように指示を出すテスネスト。

地面には既に二十人を超える衛兵が寝かされていた。

「回復が追いつかない……」

回復魔法を施《ほどこ》す手を休めずに、テスネストは前方に視線を向ける。その視線の先では、大量の死体の群れを必死に押しとどめる衛兵達の姿があった。

街の住人を避難させた地区へと続く道に張られたこの防衛線は、徐々に街のあちこちから集まってきた死体達によって破られようとしていた。

弟子達の中でも実戦で回復魔法が使える者には回復を手伝わせていたが、いかんせん彼らの回復魔法のスピードは遅い。徐々に増えていく怪我人に、テスネストは焦りを覚えていた。

「ナストラ！　まだ復帰できないんですか？」

テスネストは苛立ちをぶつけるように、横に座る同僚の宮廷魔導師に向かって声を荒らげる。

「無茶言わないでくれよ。ＭＰはポーションで回復したけど、精神的疲労がまだ回復できてないんだ。今の状態で魔法なんか使ったら、集中力が乱れて魔法を暴発《ぼうはつ》させかねないよ」

テスネストの隣に座り荒い息をさせている赤い髪の男ナストラは、「絶対に無理」と念を押しながら首を左右に振った。

彼の得意魔法は爆炎系。点や線の攻撃である物理攻撃では髑髏の蜘蛛に避けられてしまうが、彼の使う広範囲の爆炎魔法は有効だった。

最初はその爆炎魔法を駆使《くし》して優位に進めていた防衛戦も、ナストラの離脱《りだつ》によりあっという間に逆転されていた。

「全く、なんて貧弱《ひんじゃく》な精神なんです。炎の魔導師の異名《いみょう》が泣きますよ」

「怪我人がいれば無尽蔵《むじんぞう》に力を発揮する君と一緒にしないでくれよ、僕は繊細《せんさい》なんだよ」

ここに来てずっと魔法を使い続けているテスネストに敬意を評しながらも、おどけたように答えるナストラに、彼女はイラっとする。

「貴方はねぇ……」

……ラー、ララーーー……

再び文句を言おうとしたテスネストの言葉が止まった。その耳に微《かす》かに聞こえてきたのは高音の美しい旋律。

「何？　この声……」

「テスネスト、気付いているかい？　この音には魔力がこもっている」

「ええ、そうみたいね」

声がどこから聞こえてくるのかと辺りを見回していた二人は、その旋律が魔法に関係していると気付いて互いに顔を見合わせる。

「声に魔法を乗せるなんて話、聞いたことないけど……」

「でも、この声には見事に魔力が調和されている。美しいくらいにね。これは、何かの効果を狙った現象だと思うべきだよ」

「効果って、どんな？」

「それは分からないけど……」

ボトッ……ボトボトッ……

顔を付き合わせて話し合っていた二人の耳に、旋律以外の異音が響いてきた。

「何？」

「なんだ？」

音に導かれるように二人が防衛線の方に目を向けると、死体達に取り付いていた髑髏の蜘蛛が次々に地面に落ちていた。そして呪縛《じゅばく》から逃れた死体が崩れ落ち、地面に倒れ込んでいくのが見えた。

「まさか……この声はあの蜘蛛達を倒す魔法なの？」

「……人には影響ないみたいだね。魔法生物にだけ死を与える魔法の声なのか？　一体誰がこんな神がかった真似《まね》を？」

常識外れの現象に、二人は顔を見合わせて引《ひ》き攣《つ》った笑みを顔に貼り付ける。

衛兵達は突然の敵の崩壊《ほうかい》に喜びの声を上げていたが、魔法の知識に長《た》けた二人は得体の知れない魔法の存在を素直に喜べずにいた。

実はこの時、常識外れの魔法ということで、テスネストの脳裏には一人の人物が浮かんでいたのだが……

（声が違うし、今回はあの人ではないですよね）

すぐにその可能性を振り払っていた。

第11話　王城防衛戦

「炎槍突《えんそうとう》！」

「豪槍撃！」

「ライトニングスラシュ！」

バーラット、ベルゼルク卿、マスティスの必殺の一撃が、巨大化したクラリトスに炸裂《さくれつ》する。それぞれに脇腹、右胸、左手首を大きく抉《えぐ》ったのだが――

「エクストラヒール」

クラリトスの口から漏れ出る抑揚のない無機質な魔法発動の声とともに、傷口はみるみる塞がっていった。

「ちぃっ！　回復魔法がジャイアントの再生能力と相《あい》まってとんでもねぇスピードで傷が塞がりやがる」

冒険者だった者達が片付いたことで、ベルゼルク卿とマスティスが合流して三人がかりで攻撃しているが、同様の現象で今まで何度も致命傷《ちめいしょう》を無効にされていた。さすがのバーラットも、いい加減にしろと吐き捨てる。

「どうやら姿形が変わっても、くっついている蜘蛛達の能力は使えるみたいだね」

「まったく、知能などないように見えるのだが、本能で魔法を使っているとでもいうのか?」

バーラットの左右に並び立つマスティスとベルゼルク卿も、それぞれの口から愚痴を零す。

「ウィンドアロー! やっぱり、ヒイロを呼んできた方がいいんじゃない? ヒイロなら回復させる間も与えずにあいつを粉々にできそうだけど」

こちらを睨んできたクラリトスの顔に牽制の魔法を叩き込みながら、ニーアが何度目かの確認を取るが、バーラットは面白《おもしろ》くなさそうにフンと鼻を鳴らした。

「SSSランクとSSランクの冒険者に近衛騎士団の団長様まで雁首《がんくび》そろえているのに、増援《ぞうえん》を頼まなきゃいけねぇなんて、恥ずかしくてできねぇよ」

「そんな下らない意地張っちゃって、死んじゃったらもっと恥ずかしいと思うな」

「なんだとぉ! お前には矜持《きょうじ》ってものがないのか!」

顔を近付けて鼻息を荒くするバーラットに、ニーアは肩を竦めながら嘆息しつつ首を左右に振る。

「そんな腹の足しにもならないもの持ってないよ。妖精、生き残ってなんぼだもん」

「ぐぐっ……」

　確かにニーアの言い分は冒険者の生き様にも当てはまるところがあり、バーラットは二の句が継げなくなる。ああは言ったが、できるならヒイロを呼んできたいという気持ちは彼にもあった。

　しかし、ネイとレミーを付けたにもかかわらずヒイロが戻ってくる気配がない事実と、呪術者がこっちに姿を見せていないという現実が、バーラットにニーアを使いに出すことを躊躇させていた。

（呪術者は恐らく街の方にいる……だとすれば今頃、ヒイロ達は呪術者と遭遇《そうぐう》しているかもしれん）

　そんなところにニーアを使いに出してこっちもピンチだと知らせたら、ヒイロの気を散らす結果になりかねないとバーラットは渋面《じゅうめん》を作る。

「とにかく、駄目《だめ》なものは駄目だ」

「えー、それじゃぼくがここに残った意味がないじゃないか……って、あれ？」

　頭ごなしに自分の提案を却下するバーラットにニーアが文句を言いかけたところで、彼女は何もない空間を見渡す。

「どうした？」

突然不審な行動を取るニーアにバーラットが声をかけると、彼女はキョロキョロしながら口を開く。

「風の様子がおかしかったんだけど……なんか、風に乗って聞こえてくるんだよね」

「なんかってなんだ？」

「あっ、確かに聞こえます」

不審に思い眉をひそめるバーラットに、マスティスが耳に手を当てながらニーアに同意する。

「何が聞こえるっていうんだ？　……って、なんだこりゃ？」

やっと自分の耳にも届いた高音の旋律にバーラットが素《す》っ頓狂《とんきょう》な声を上げていると、ベルゼルク卿が前方を指差した。

「おいお前ら、見ろ、あいつを」

その緊迫した声に促されてバーラットとマスティスが前方――クラリトスの方に視線を向けると、彼の身体に付いていた三匹の蜘蛛が地面に落ちていた。

「なんだぁ？」

「髑髏の蜘蛛が……死んでるみたいですね」

驚くバーラットに、地面に落ちた蜘蛛が腹を見せたまま動かないのを確認しマスティスが呟く。

「何がどうなってるか分からんが……」

「蜘蛛の回復魔法が使えないってことは……」

「もう、こちらが負ける要素はないな」

バーラットとマスティスとベルゼルク卿は、降って湧いたチャンスにやる気を出して武器を構えると、獰猛《どうもう》な笑みを浮かべた。


「なっ……何がどうなっている！」

狼狽《うろた》えるグレズムに、歌い終わった【全魔法創造】は振り返って微笑む。

周りにいた死体達は、蜘蛛が死んだことで全て横たわっていた。

「魔法……です」

端的《たんてき》に答える【全魔法創造】に、グレズムはワナワナと身体を震わせる。

「魔法だと？　ふざけるな！　呪文や魔法陣はまだしも、魔法名すら唱えない魔法などあってたまるか！」

グレズムは憤慨《ふんがい》するが、【全魔法創造】から間合いを取って近付こうとはしない。彼自身気付いていないが、【全魔法創造】が現れて以降、ヒイロの器の中にいる未知なる存在に、得体の知れない恐れを抱いていた。だから【全魔法創造】が歌っている最中も近付けずにいたのだ。

そんな怯えをひた隠すグレズムに、【全魔法創造】は余裕ある笑みを向ける。

「今使ったのは旋律自体に呪文と魔法名の力を乗せた、原始的な魔法なんです。呪文や魔法陣を使わないので複雑《ふくざつ》な効果は得られませんが、声の届く範囲に効果を発揮できるので結構便利なんですよ。魔法名は『神への祝福《しゅくふく》の歌』です」

「神への祝福の歌……だと？」

「ええ、神の祝福を受けてこの世に生まれた者には何の効果も発揮しませんが、そうでない者には無慈悲《むじひ》な死を与える魔法です」

「神の祝福を受けてない？　……あっ！」

ハッとするグレズムに、【全魔法創造】はより一層ニッコリと微笑んだ。

「気付きましたか。思っていたより聡明《そうめい》なようで何よりです。ご明察《めいさつ》の通り、神の意に反し、人の身勝手で生まれた生物にはこの魔法は絶大《ぜつだい》な効果を発揮してくれるというわけです」

「馬鹿な……そんなわけの分からない魔法なんて……大体、お前は俺が精神を封じている筈だ！　何故動ける！」

「貴方が精神を封じたからこそ、私が出てきたんじゃないですか」

ニッコリと微笑んではいるが、【全魔法創造】の声には聞く者に異論を唱えさせない怒りが垣間見《かいまみ》え、グレズムは数歩後ずさる。

「やっぱり……お前は……先ほどの奴とは違う存在なんだな」

「さぁ、どうでしょう？」

【全魔法創造】は笑みを絶やさずに、グレズムに戦う意思を表すように鉄扇の先端《せんたん》を向けた。

「行きますよ」

一言断りを入れて、【全魔法創造】は一気に間合いを詰める。

【超越者】50パーセントの力を遺憾《いかん》なく発揮したことでネイの【縮地】並みの移動スピードとなり、【全魔法創造】はグレズムが気付くよりも早く彼の真横に立つ。

少し間を置き、グレズムが唖然とした表情を見せながら振り返るも――

「遅い」

【全魔法創造】が視線も向けずに振るった鉄扇が頬に当たり、後方へと勢いよく吹き飛ばされた。
五、六回転がった後で止まったグレズムが膝をつきながら正面を見ると、背中を見せる形になっていた【全魔法創造】が彼の視線の先でゆっくりと振り向く。
死体に憑依していてよかったのか悪かったのか、痛覚がないお陰で今の攻撃を受けても戦闘不能にならずに済んだグレズム。しかしそのせいで得体の知れぬ強者に対峙し、恐怖する時間が長引いているとも言えた。

「……あり得ぬ……わけの分からぬ魔法を使う上に理解できぬ身体能力まで持ち合わせて

いるなど……本当になんなのだ……お前は……」

立ち上がりながら震える声で話しかけてくるグレズムに、【全魔法創造】は答える気はないとでもいうように鉄扇を開き、口元を隠して目だけで笑ってみせた。

「グランドバースト、エクストラエアシールド」

やがて答えの代わりに発せられる二つの魔法名。

躍動《やくどう》し始めた足元に気付きグレズムが咄嗟に飛び退くと、彼が立っていた辺りの地面が爆《は》ぜた。
五、六メートルほどの土柱を噴《ふ》き上《あ》げながら、四方に土砂《どしゃ》が撒き散らされる。グレズムは両手で顔を覆って飛んでくる石飛礫《いしつぶて》から庇いつつ、距離を取るために後ずさった。
魔法の影響は少し離れていたネイとレミー、リリィに少女の四人やレッグス達にも及んだが、その二組の周りには強固《きょうこ》な風の結界が張られており、飛んでくる石や土から彼らを守っていた。

「ブラッティファング」

【全魔法創造】の攻撃の手は続く。

距離を取ったグレズムへと優雅《ゆうが》に歩み寄りながら、【全魔法創造】は湾曲《わんきょく》した赤い刃を生み出す。その伸びた切っ先が迫ると、グレズムは横に転がり必死に躱した。

「くうぅぅう、いたぶる気か？　舐《な》めるなぁ！」

圧倒的な力の差があるはずなのに小技で攻めてくる【全魔法創造】。その事実に相変わらず言い知れぬ恐怖を感じていたグレズムは、それを振り払うかのように吠えると彼女に向かって手の平を向けた。

「ダークネス・スインク・マインド！」

先ほど使ったのと同じ、精神を封じる魔法。格上に対して効く魔法ではないが、一度は効果を発揮したこの魔法にグレズムは望みをかけた。しかし――

「グラスバリア」

呆れたような口調で【全魔法創造】は魔法を発動させる。

半透明の六角形が組み合わさってできたドーム型の結界が【全魔法創造】を覆うように現れ、そしてすぐに割れた。

「……!?」

何が起きたのか分からないグレズムに対し、相変わらず鉄扇で口元を隠したままの【全魔法創造】は楽しげに微笑んだ。

「やはり、宿主殿が生み出した魔法は面白いですね。精神系の魔法すら無効にしてしまうとは……宿主殿はこの魔法をただの脆《もろ》い結界だと思っているのが残念ですが。本質は違うところにあるのに……」

グレズムに視線を向けながらも、彼のことは眼中《がんちゅう》にない【全魔法創造】は言葉を続ける。

「グラスバリアの最大の利点は、どんな攻撃も相殺《そうさい》してしまうところにあるんです。宿主殿はそれが戦闘においてどれほど有効なのかを分かっていません。他の魔法も……」

自分の内にいるヒイロに向かって語りかけていた【全魔法創造】は、自身の言葉が説教じみていることに気付いて気を取り直すように一息ついた。そして、目の焦点をグレズムに戻す。

「他にも……例えばルナティッククレイ」

言いながら【全魔法創造】は鉄扇を持っていない左手の人差し指を伸ばし、グレズムに向ける。

「この魔法は別に最大出力で放つ必要はないのです――ルナティッククレイ発動」

その言葉とともに彼女の視界の隅《すみ》にカウントダウンの数字が現れる。数字は40。ヒイロが瘴気《しょうき》の中で放った時よりも月が欠けているために、チャージ時間は少し長くなっていた。

しかし、チャージの時間が五秒ほど過ぎた時点で【全魔法創造】は口を開く。

「発射」

同時に、彼女の伸ばしていた人差し指から同じ太さの光がビームのように発射され、グレズムの左肩を貫いた。

「ぐうっ！」

痛みはないが、グレズムは貫かれた肩を右手で押さえながら呻く。

【全魔法創造】の視界の隅ではルナティックレイのチャージ時間は40に戻り、またカウントダウンを始めていた。

「このように、ルナティックレイはチャージし終わる前でも発射することが可能です。しかも、完全にチャージ完了するまで、途中で打っても魔法は解除されません。ですから、数秒の間を置いての連射が可能です。発射」

今度は二、三秒のチャージ時間でルナティックレイを放つ【全魔法創造】。

痛みこそないとはいえ、器である死体の損傷《そんしょう》が戦闘力の低下を意味することを知っているグレズムは、咄嗟に右手を【全魔法創造】に向けた。

「シャドウシールド！」

地面に落ちていたグレズムの影が垂直《すいちょく》に立ち上がり、彼と迫り来るルナティックレイの弾道《だんどう》の間に割って入る。無詠唱のために強度《きょうど》は低いが、影の壁はなんとかルナティックレイを止めた。

その事実に【全魔法創造】は「ふむ」と唸る。

「数秒のルナティックレイの威力では止められますか……では、十秒ならどうですか？　――発射」

今度は腕の太さほどのルナティックレイが発射され、シャドウシールドに当たり爆発を起こす。それによりシャドウシールドは砕け、余波《よは》の爆風《ばくふう》でグレズムはまたもや吹き飛ばされた。

「これ以上の威力は街中では向きませんね……ルナティッククレイ解除」

ルナティッククレイを解除した【全魔法創造】は、ゆっくりとグレズムに近付いていった。


「……なんなんだ、あれ？」

【全魔法創造】とグレズムの戦いの邪魔にならないように、二人を大回りに迂回《うかい》してネイ達に合流したレッグス達。そこで、ヒイロの戦い方にいつもと違うものを感じていたレッグスが、優雅にグレズムに近付いていくヒイロを指差してネイに尋ねる。

「なにって言われても……ねぇ」

自分もヒイロに起きていることが理解しきれないネイがレミーに話を振ると、彼女も説明できずに「う〜ん」と唸る。

「いつものヒイロさんの戦い方じゃないんだよね。ヒイロさんはもっとこう……」

「必死というか、ドタバタ？」

バリィに続けたテスリスの言葉に、全員が納得して同時に頷く。

「そうですね。敵を圧倒するのは同じですが、あんな余裕を見せながら相手を追い詰める戦い方はヒイロ様らしくありません」

少し軽蔑《けいべつ》の混ざったようなリリィの口調に、なんとなく同意しながらネイが頷く。

「確かに、今のヒイロさんには相手に対する気配《きくば》りが全くないわね。ヒイロさんは戦いながらも相手の身を案じてしまうような人なのに……」

「ええ、その通りですネイさん。あのヒイロ様の戦い方には、敵への敬意が感じられないのです」

あえて甘いという表現を控《ひか》えたネイに賛同して、リリィがコクコクと頷く。

「ふむ……確かに今のヒイロさんは敵を嬲《なぶ》っているだけ……いつでも倒せそうなのに、何故そんな戦い方を？」

二人の意見を聞き、ヒイロの戦い方に抱いていた違和感の理由に気付いて、レミーは口に拳を当てながら、誰にも聞こえないくらいの声で小さく呟いた。

精神世界で【全魔法創造】の講義的戦闘を見ていたヒイロは、新しい発見の数々に唸っていた。

（むむっ、ルナティッククレイにはあんな使い方もあったんですね）

《ふん、【全魔法創造】め。普段言いたかったことを、実技を踏まえて、ここぞとばかりに吐き出しておるわ》

（言いたかったこと……ですか？）

《宿主殿は実に不器用だからな。せっかくのスキルも十全には扱ってもらえぬ。今まで、

それを面と向かって言えなかったのだから、鬱憤《うっぷん》が溜《た》まっているのも仕方がなかろう》
【超越者】の言いように、心当たりがありすぎるヒイロは恐縮《きょうしゅく》しながら身を縮こませた。
（……【超越者】さんの言い分はもっともです）
《まあ、鬱憤《うっぷん》の溜まり具合は我の方が遥《はる》かに上ではあるがな》
呆れたような【超越者】の物言いに、ヒイロは言葉を詰まらせる。
（ぐっ！　確かに【超越者】さんを上手く使えてないのは自覚しております）
《分かっているのであればよい。もっとも、我の扱いは【全魔法創造】と違って知識として知っていればどうなるというものでもないから、実践《じっせん》で身につけてもらうしかないのだがな》
（実践……ですか）
【超越者】の言いようから、彼も表に出る気なのだなと察したヒイロは、やりすぎないでくださいと心で願うのだった。

第12話　【超越者】の本領《ほんりょう》

「さて、貴方はその肉体に憑依しているだけの精神体でしたね」

【全魔法創造】は地に横たわるグレズムの眼前に立ち、相変わらず鉄扇で口元を隠しながら彼を見下ろす。見るものを凍《こご》えさせる悪魔のように冷ややかな視線に、グレズムは一瞬震え上がるが、今の肉体が滅《ほろ》んでも精神が本来の自分に戻るだけという安全性を思い出し、余裕を取り戻した。

「フ、ハ……フハハハ、その通りだ。俺はここでやられても死ぬことはない。貴様は俺よりも強大な存在のようだが、お前に俺を殺すことはできんのだ！」

グレズムは、立ち上がりつつ自分の優位性に酔いしれながら、【全魔法創造】に向かって吐き捨てる。しかし、【全魔法創造】は冷ややかな視線を崩さずに平然と言葉を返した。

「その通りなのでしょうね。だったら……アレは効くでしょうか？　試してみましょう」

「はっ？　アレ？　アレとはなんだ！」

「パ～ラ～サ～イ～ト～キ～ラ～～～」

信楽焼《しがらきやき》フォルムのロボットが道具を出すような口調で、パラサイトキラーを発動させる【全魔法創造】。

外野から、「それじゃあ魔法じゃなくて便利道具よね！」というネイのツッコミが入ったが、【全魔法創造】は構わず右手に現れた黄金色のピコピコハンマーを振り上げた。

「なんだそれは⁉」

突然現れたハンマーが魔法の産物だということは魔力の流れから理解できたが、効果までは分からないグレズムは防御姿勢を取る。

しかし、腕を顔の前に持っていった彼の防御を掻《か》い潜《くぐ》り、【全魔法創造】はグレズムの左側頭部にパラサイトキラーを叩き込んだ。

ピコッ！

コミカルな打撃音とともに、グレズムの右側頭部から半透明な光のようなものが一瞬ぬっと抜け出て、同時にグレズムの憑依していた死体が白眼をむいた。それは本当に一瞬のことで、光が再びスルッと頭の中に戻ると、瞳に光を戻したグレズムは驚きに目を見開いて【全魔法創造】を見た。

「……バ……バカな……精神体を身体から追い出そうとしやがった……」

「ふむ……やっぱり実体を持たない者を消滅させることはできませんか。ですが、弾き出す効果はあるようですね」

グレズムを無視して、パラサイトキラーを見つめながら一人呟く【全魔法創造】。

そして、視線をグレズムに戻すと無言でパラサイトキラーを振り上げた。

ピコッ！

「ぬおっ！」

ピコッ！

「なんのっ！」

ピコッ！

「もう、やめろ！」

「うーん、中々にしぶといですね」

何度叩き出されても根性で戻ってくるグレズムは、殴られた頭を手で庇いながら凄い勢いで後ずさった。

【全魔法創造】が呆れていると、焦《じ》れたような口調の【超越者】から連絡が入る。

《【全魔法創造】よ、もう良いだろ。我と代われ》

〈【超越者】……代わるのは構いませんが、私が何をしようとしているのか分かっていますか？〉

《分かっておるから代われと言っておるのだ。お前ではそれを成すには迫力が足りん》

〈はぁ～、貴方に任せたら力任せの演出で、事を成す前に相手を粉微塵《こなみじん》にしそうなんですけど〉

《そんなヘマはせん！　さっさと代われ！》

〈はい、はい〉

仕方がないといった風に返事をして【全魔法創造】が引っ込むと、代わりに【超越者】がヒイロの身体の主導権《しゅどうけん》を握る。

冷ややかだった視線に凶悪な熱が入り、濃密《のうみつ》な殺気が身体から溢《あふ》れ出《だ》した。

「……なんだ？」

目の前の男の雰囲気が明らかに変わったことでグレズムが狼狽《うろた》える前で、ヒイロ《【超越者】》はニタリと笑った。

「ククク……さっさと死んでおればよかったものを……我が現れた以上、ただで敗北できるとは思わんことだ。絶対的な恐怖をその精神に叩き込んでくれるわ！　100パーセント」

【超越者】はステータスを100パーセントに引き上げた自身の身体を見回すと満足げに頷き、グレズムに視線を向けながら一歩踏み出した。と、次の瞬間には【超越者】はグレズムの眼前にいた。

普通に詰め寄るだけで超速移動になり、それによって乱れた空気の奔流《ほんりゅう》を全身に叩き込まれ、グレズムは後方に押されてたたらを踏む。

しかし、グレズムが間合いから外れる前に【超越者】は彼の胸倉《むなぐら》を掴んだ。

「この程度でよろけるとは、随分とひ弱な奴め。そんなことでは我の相手は務《つと》まらんぞ」

冷ややかながらも自分を見下していた【全魔法創造】とは違い、殺気丸出しの【超越者】。その言葉に、グレズムは恐怖に顔を歪めながら声を絞り出す。

「お前は……さっきの奴とは違うのか？」

「そうだ、我々はこの者の心に巣食《すく》っていた者よ。貴様がこの者の心を封じてくれたお陰で、こうして出てこられたというわけだ」

見る者を怯えさせる笑みで、聞く者に恐怖を与える殺気のこもった声を上げる【超越者】。

それを眼前で演出されているグレズムは身を震え上がらせたが、外野で観戦していたネイ達も同じだった。

「……なんか、また雰囲変わったな……今度のは前にも増してヤバそうだ。ヒイロさんって、あんな化け物を何匹も身体の中に棲《す》まわせていたのか？」

「知らないわよ。私だってあんなのが何人もヒイロさんの中から出てくるなんて思ってもみなかったもの」

「私も、知りません。一体、あの者達は何者なんでしょうか？」

震える声を絞り出すレッグスに、ネイとレミーが揃ってかぶりを振る。

「今度の方はやけに好戦的みたいですが、それでもあの男を殺すことはしないみたいですね。ヒイロ様が自制させているのでしょうか？」

胸倉を掴んだまま一方的に殴り始めたヒイロの姿を悲痛な面持ちで見ていたリリィの言葉に、全員が彼女を見た。

「殺さないのは、嬲《なぶ》るためじゃないのか？　ほら、やけに楽しそうにしてるじゃないか」

「うむ、確かにアレは楽しんでおるな。とても自制を利かせられている者には見えん」

バリィの意見にテスリスが同意すると、リリィはすかさず首を左右に振って否定の意を見せた。

「敵を嬲《なぶ》るのが楽しいと思う方ならば、初めに死体達を無力化する必要はなかった筈です。敵を減らせばその分楽しみが減るのですから……あれは私達への危険を排除《はいじょ》するために取った行動だったのではないでしょうか」

「う～ん……確かにそう言えるかもしれないけど、だったらなんであんなに高圧的な戦い方をする必要があるんだ？」

「そこまでは分かりませんが……」

レッグスに言い返されて自信なさげに言葉を返すリリィ。しかし彼女には、ヒイロの姿をした何者かが邪悪《じゃあく》な存在であるとはとても思えなかった。

それは、彼らがリリィが憧《あこが》れるヒイロの姿をしていたからかもしれない。だからこそリリィは今戦うヒイロの姿をした者を疑うことができず、見守るようにその戦いに見入《みい》っていた。


「クッハハハハッ！　どうした、全く手応《てごた》えがないぞ。少しは反撃してくれんとつまらんではないか」

胸倉を掴んだまま殴りまくる【超越者】は楽しそうに吐き捨てる。

【超越者】の力を１００パーセントにしてもなお、グレズムの肉体には損傷を与えずにダメージだけを蓄積《ちくせき》させていく力の加減は見事と言う他なかった。

「くそっ！　ぐはっ、ごほっ！　なんなんだこいつはぁ！」

痛みはない。ダメージも肉体には蓄積されているが、借り物の肉体にいくらダメージがあろうともグレズム自身にとっては問題ではなかった。

だがそれよりも、【超越者】の拳に込められた視認できそうなほどの濃密な殺気が徐々にグレズムの精神を蝕《むしば》み、心に確実な恐怖を刻《きざ》んでいた。

恐怖を振り払うように叫んだグレズムは、なんとか【超越者】から逃れようと掴まれた胸倉のローブを引きちぎると、後方にたたらを踏んで距離を取る。

「はぁ……はぁ……本当に貴様はなんなのだ……」

息も絶《た》え絶《だ》えに【超越者】を睨みつけるグレズム。その目には確かな敵意が宿っていたが、それは虚勢《きょせい》でしかなく、本心では対峙する【超越者】の圧倒的な存在感に押し潰されそうになるのを必死に堪《こら》えていた。

（本当になんなのだこいつは……この威圧感、まるでエンペラークラスの魔物と対峙しているようではないか）

グレズムは、自分の問いにニヤニヤするばかりで答えようとしない【超越者】に言い知れぬ恐怖を感じる。彼がそのまま一歩踏み出すとグレズムは一歩後ずさった。

「くそっ！　シャドーバインド！」

グレズムが魔法を発動させた直後、彼の影から複数の影の帯が立ち上がり、一歩、また一歩と近付いてくる【超越者】の身体を搦《から》め捕《と》る。

「いくら肉体的強度があろうと、その束縛《そくばく》からは逃れられん。影の束縛に影響を与えられるのは精神力だからなぁ」

【超越者】の束縛に成功したグレズムが半笑いで言い放つ。【超越者】はそんなグレズムを一瞥《いちべつ》した後で自分の身体に視線を移し、「ふんっ」と全身に力を込めた。

それだけで【超越者】の身体を雁字《がんじ》搦《がら》めにしていた影の帯が引きちぎられて宙に舞い、やがて空気に溶《と》けるように消える。

「なっ……」

半笑いを引き攣らせたグレズムに、【超越者】は呆れたような視線を向けた。

「まさか、我を筋力馬鹿とでも思っておったのか？　愚《おろ》かな。我は精神力も魔力も強大よ。この通りにな」

言い終えて【超越者】は右手の篭手に魔力を注ぎ始めた。グレズムは【超越者】の言葉の正しさを指し示すかのような魔力の量に度肝を抜かれる。

「なっ！　魔法は先ほどまでの奴の分野ではなかったのか？」

「魔法はな。だが、魔力自体は我の分野でもある」

「ぐっ！」

グレズムは満面の笑みを浮かべる【超越者】に言葉を失い、慌てて踵《きびす》を返す。

しかし一歩目を踏み出す前に、彼の頬の側を【超越者】の放った魔力弾が掠め、直後に逃げようとした方向の地面で大爆発が起こった。

「我から逃げられるとは思わんことだな」

唖然としながら爆発を見つめるその背中に【超越者】が言い放つと、グレズムはゆっくりと振り返った。

「化け物が……」

恐怖と絶望により、思わずグレズムの口からそんな言葉が漏れる。

と、そこでグレズムの脳裏にある考えが浮かんだ。

〈そういえば、こいつらはどうして現れた？　俺がこの男の精神を封じたからじゃ……〉

そこまで考えが浮かんだところで右頬に衝撃が走り、グレズムの顔が派手《はで》に弾けた。

【超越者】の拳が頬にヒットしたのである。

不意に攻撃を食らって、グレズムの思考は中断される。そのことで慌てたのは攻撃を食らったグレズムではなく、ヒイロの精神世界で事の成り行きを見ていた【全魔法創造】だった。

〈ちょっ！　【超越者】殿！　今、その男は私達の狙い通りの考えに行き着いていたんじゃないですか？〉

《そうか？　そんな感じはなかったと思うが》
【全魔法創造】の非難の声にとぼけながら、【超越者】はグレズムに向かって拳を振るい続ける。
《それよりも宿主殿よ、我の力の使い方、ちゃんと理解しているであろうな》
突然話を振られて、ヒイロはぎくっと身を震わせた。そんな彼の反応に【超越者】はムッと眉間に皺を寄せる。
《なんだ、その反応は？　まさか、全く理解できとらんのではないだろうな？》
（いやー……そうは言われましても、力の扱い方が繊細《せんさい》すぎますし……まるで生卵の黄身《きみ》を箸《はし》で掴んで持ち上げるような作業、私にはハイレベルすぎて……）
《なんだとぉ！　あっ！》
ヒイロの言いようについ力《りき》んだ【超越者】はそのままグレズムを殴ってしまい、思わず声を漏らす。
【超越者】に殴られたグレズムは宙に飛び、二階建ての煉瓦造《れんがづく》りの建物の角に激突《げきとつ》、建物を破壊してそのまま空へと舞い上がっていた。
「しまった！　せっかくの教材が飛んでいってしまう！」
【超越者】は慌てて地を蹴り、グレズムを追って跳び上がった。
〈……教材？　やっぱり、あの者が我々の思い通りの考えに行き着いたことに気付きなが

ら、わざと攻撃を加えたんですね！〉

《ええい！　今はそんな些細《ささい》なこと、どうでも良いではないか。宿主殿よ、こうなれば100パーセントの身体の扱い方を徹底的《てっていてき》に身体に染《し》み込ませてやるから、しっかりと覚えるがよい》

【全魔法創造】の言い分を受け流した【超越者】はそうのたまうと、意思に反して飛んで行くグレズムを追い越し空に向かって蹴り足を踏む。

と、高速の【超越者】の蹴り足は空気の壁を蹴り、今度は地面に向かって跳んでいく。

途中、グレズムの襟首を掴んで回収した【超越者】は、安堵の表情を浮かべながら地面に着地し一息ついた。

（……今のは？）

【超越者】が今しがた披露《ひろう》した空中での方向転換が理解できずにヒイロが唖然とした声を出すと、彼はやれやれと肩を竦める。

《空気を蹴ったのではないか。今のを繰り返せば空を走ることも可能だぞ》

（空気を蹴る……つまり蹴り足が音速を遥かに超えてるんですね）

呆れ返ったヒイロの言葉に、掴んでいたグレズムを地面に放り投げながら【超越者】は怪訝な表情を浮かべる。

《音速？　それがなんなのか知らんが、まぁ、そんなところだ。ともかく講義を再開する

から、しっかりとついてくるのだぞ宿主殿》

そう言うと【超越者】はやる気満々でファイティングポーズを取った。

「そら、そら、そら……」

蹴りにパンチは勿論《もちろん》、投げ技や関節技。それらの力加減を何度となく試してから、【超越者】は一旦攻撃の手を止めた。

《どうだ、宿主殿。少しは身体の扱い方を覚えたか？》

（……ええ、後は努力次第でなんとかしてみせます）

実際はあまり自信はなかったのだが、教材にされているグレズムがあまりに哀れでヒイロはそう言うしかなかった。

《ふむ、ではそろそろ最後の仕上げにいくとしよう》

ヒイロの歯切れの悪さに幾分《いくぶん》納得はいかなかったが、いっぺんに全てを教えるのも酷《こく》であろうと【超越者】は妥協《だきょう》しつつ、仕上げに入る。

それは、あまりに一方的な作業であった。側で見ていたネイが敵であるグレズムに哀れみの目を向け始めたのだから、【超越者】の非情《ひじょう》さが窺《うかが》い知《し》れるというものである。

【超越者】の仕上げという名の仕打ちを受けたグレズムが、彼の存在に呑まれてほぼ無抵抗にボロ雑巾《ぞうきん》のような風体で地面に転がされる。

その様子を【超越者】の目を通して強制的に見せられていたヒイロは、完全に青ざめていた。

（【超越者】さん……ちょっとやりすぎではないでしょうか？）

〈そんなに彼を怖がらないでください。【超越者】とて、こんなやり方は本意ではないのですから〉

【全魔法創造】は憂《うれ》いを帯びた弁解を述べる。そんな彼女をヒイロは少し意外そうに振り返った。

（本意ではない？　あんなに楽しそうに痛めつけているのに？）

〈ええ、【超越者】は追い詰めるような戦い方をしなければならないのです……もし私が【超越者】と代わらなければ、私も彼と同じことをしていたでしょうから〉

（……何故、そんなことを？）

困ったように答える【全魔法創造】に困惑しながら問うヒイロ。そんな彼に彼女は静かに答える。

〈魔法には術者が死ねば解けるものと、術者の手を離れ永久的《えいきゅうてき》に効果が持続するものがあります。宿主殿が受けたダークネス・スインク・マインドは後者なので……〉

そこまで【全魔法創造】が口にした時点で、暗闇に浮かぶ【超越者】の視界を通した景色に動きがあったのが目の端《はし》に映り、ヒイロは無意識にそちらへと視線を向けた。

グレズムは、ただ無抵抗に【超越者】の攻撃を受けていたわけではなかった。

雨あられのような攻撃をその身に受けつつ、【超越者】に唯一有効であろう魔法の詠唱を完成させていたのである。

今、グレズムはその魔法を放つために、地に横たわりながら右手を【超越者】に向けていた。

「……貴様の存在はあまりに危険だ……この場は俺の負けだが、その危険が俺の同胞に及ばぬように貴様の存在だけはここで消させてもらう」

不敵《ふてき》に笑うグレズムに、【超越者】も満足そうに静かに笑みを湛える。

「……ふむ、宿主殿にはまだまだ言いたいことはあったが、そろそろ潮時《しおどき》か……」

自身に不利を与えるであろう魔法を前にして、【超越者】は小さく呟く。その表情には満足そうな中に、一抹《いちまつ》の寂《さび》しげなものが混ざっていた。

「リリース」

やがて放たれるグレズムの魔法。

【超越者】の身体が溢れ出す光に呑まれる。その中で彼は、自身の意識が沈《しず》んでいくのを感じながら、ゆっくりと目を閉じた。

――そしてヒイロの目が再び開かれる。

精神がしっかりと身体と連動していることを感じ、ヒイロは静かに空を見上げた。

「……私に掛けられた精神封印を解かせるために、【超越者】さんは悪者を買って出てくれたんですね」

もう声を聞くことができない【超越者】と【全魔法創造】に感謝の意を向け、少し間を置いたヒイロは、足元に倒れるグレズムへと目を向けた。

「貴方は……いえ、貴方がたは何故、罪のない人々に酷い仕打ちをするのですか？　何がそんなに貴方を駆り立てるというのです？」

「……ふふふ……酷い仕打ち、か……」

魔族の集落で騒動を起こした少女の魔族を思い出して、グレズム個人から純血の魔族全体を指して問いかけるヒイロ。

悲しげな視線で見下ろす彼に、建物の壁を背に座り込んでいたグレズムは小さく嘲笑《ちょうしょう》しながら、壁を支えにしてヨロヨロと立ち上がった。

「酷い仕打ちとは、よく言うものだ。それを俺達にやったのは貴様らの方が先だと言うのに」

「えっ！」

予期せぬ反論に驚くヒイロを、グレズムは憎々しげに睨みつける。

「まさか……知らないなんて言うんじゃないだろうな。何の罪もない我々を、あの不毛《ふもう》の地に閉じ込めておきながら……忘れたなどとは言わせないぞ！」

「えっ！　……ちょっ！」

残った力を振り絞り、憎しみのこもった拳を振り上げるグレズムを、ヒイロは困惑しながらも両手を前に突き出し押し留めるようとする。

それは、本当に押し留めるためにそっと突き出しただけだった。

しかし、【超越者】100パーセントの力で押されたグレズムは弾き飛ばされ、かなりの衝撃で後方の壁に背中を打ちつけた。

「ぐっ、はっ！」

「ややっ！　すみません、大丈夫ですか⁉」

肺の空気を全て吐き出すように呻いて、壁に背を滑らせながらズリズリと崩れ落ちていくグレズム。

意図しない攻撃を加えてしまったヒイロは心配の声をかけた。

【超越者】全解放の突き押し。本来ならグレズムは壁をぶち破って遥か後方まで吹き飛ばされていただろう。だが、そうならなかったのは、力の使い方を身体に馴染ませていたた【超越者】のお陰と言える。

心配するヒイロに、グレズムは忌々《いまいま》しげに視線を向けた。

「……あのような化け物を二匹も心内に内包する者は……やはり、化け物だったか……」

駆け寄ろうとしたヒイロはその呟きを聞き、歩みを止めてピシリと表情を引き攣らせる。

「……化け物……死体に憑依するような異常な能力を持ってる貴方には言われたくありませんでした」

「よく言う。こんな能力、貴様の力の前では稚技《ちぎ》にも等しいじゃないか。その力も、精根《せいこん》尽き果てもう維持できないしな」

「えっ！　ちょっと待ってください！　まだ聞きたいことが……」

ヒイロの呼びかけも虚《むな》しく、横たわったグレズムは静かに目を瞑った。

第13話　黒幕成敗！

兵士の持つ松明《たいまつ》だけが光源になっている、薄暗い通路。

足元は石畳、壁と天井はアーチ状に組まれたレンガでできたこの通路は、王都セントールの城が作られた時分から存在する緊急時の避難用の地下通路である。

片方の入り口は勿論城にあり、もう片方は貴族街の外れにある古びた屋敷に通じていた。

その古びた屋敷の中の通路に通じる階段の前で、二人の女性と一人の貴族が、十数人の兵士を引き連れて静かに時を待っていた。

「ご報告します」

暗がりの中、どこからか突如《とつじょ》姿を現した一人の女性忍者——くノ一が二人の女性の前で跪《ひざまず》く。

極悪《ごくあく》な見た目のメイス、カトリーヌを抱き目を閉じていた王妃《おうひ》オリミルは、突然現れたくノ一に驚くこともなく、目を開いてそちらへと視線を向ける。

彼女の背後では、王太子妃《おうたいしひ》スミテリアも厳しい視線をくノ一へと向けていた。

「敵、呪術士はヒイロ殿が圧倒。決着が付くのも時間の問題かと思われます」

「そう、ですか。ご苦労様でした」

「はっ」

そんな報告にオリミルが満足そうに労《ねぎら》いの言葉をかけると、くノ一は頭を下げてその姿勢のまま姿を消す。

国内の諜報活動《ちょうほうかつどう》のために個人的に雇《やと》い入れていたくノ一の働きに感謝しながら、オリミルはスミテリアを振り返る。すると彼女は微妙《びみょう》な表情をオリミルに向けていた。

「あら、どうかしたの?」

何か言いたげな表情のスミテリアにオリミルが問いかける。すると、彼女は小さくため息をついた。

「彼女が優秀なのは分かりますが、あまり重用《ちょうよう》するのもどうかと思いますよ」

「彼女って……ミリーのこと?」

オリミルが先ほど姿を消したくノ一の名を出すと、スミテリアはコクリと頷く。

「確かに彼女の諜報力と報告の早さには何かと助かっています。ですが、だからこそ、この国の情報があの国にダダ漏れのような気がして……」

「でしょうね」

あっけらかんと肯定の言葉を返すオリミルに、スミテリアは「えっ！」と目を見開き、信じられないといった表情で彼女を見た。

そんなスミテリアにオリミルはクスクスと笑ってみせる。

「我が国は他国にバレて困るようなことはしてないのですから、別に情報が漏れても構わないわよ。それに……あんな隠密《おんみつ》活動に優《すぐ》れた密偵《みってい》を放たれていたら、こちらには止める術《すべ》はないもの。だったら雇い入れて、こちらの仕事をしてもらった方がいいと思わない？」

どうせ覗《のぞ》かれ放題ならば、ただ覗かれるより仕事をしてもらった方が利がある。そんなオリミルの言葉に、スミテリアがアングリと口を開けていると、彼女の肩に老貴族――バスク侯爵が手を置いた。

「スミテリア姫、オリミルの豪胆《ごうたん》さは生まれつきだ。この程度のことで驚いていたら今後、身が持たんぞ」

バスク侯の言葉に、スミテリアは落ち着くように大きく一息つき、彼へと視線を向ける。

「分かっています――いえ、分かっているつもりですとも」

オリミルの考えに驚いてしまった自分を恥じて言い直すスミテリア。

そんな彼女に同意するようにバスク候は大きく頷いた。

「スミテリア姫の気持ち、分からんでもない。オリミルと出会い約六十年……俺も散々味わってきたからな」

「ああ……」

意外なところで共感を覚えた二人が互いに頷きあっていると、オリミルが二人に向かって声をかける。

「二人とも、何をやっているのです？　呪術士はヒイロさんが抑えてくれたのですから、急いで残り物を片付けに参りますよ」

先んじて裏切り者の貴族達を抑えれば、呪術士に逃げられてしまう可能性があると、戦いが始まってからずっとこの場で待機していたオリミル。

これで後は裏切り者を捕《つか》まえるだけだと、周りに控えていた兵士を引き連れて、意気《いき》揚々《ようよう》と屋敷の出入り口目指して歩き始めた。


「なんだとっ！」

自分の屋敷の地下で、同胞の貴族達と作戦成功の報告を今か今かと待っていたラストン・イム・ゼイル公爵《こうしゃく》は、突如もたらされた予想外の報告に目を見開いた。

「この屋敷は、国の兵士によって取り囲まれております……」

聞き返されて、老齢《ろうれい》の執事《しつじ》は消え入りそうな声で報告を繰り返す。その内容にゼイル公は「ぐっ」と呻き、周りにいた貴族達も騒ぎ始めた。

「何故、兵士達がここに？」

「それよりも作戦はどうしたのだ？　戦力的にこちらの方が圧倒的に優位ではなかったのか？」

仕《つか》える王を亡《な》き者にしてまで自分の地位向上を望んだ貴族達だ。だが、今の立場すら危《あや》ぶまれる状況に陥っていることに、欲深い彼らは大いに慌てふためく。

ゼイル公はそんな彼らを睨みつけて黙らせた後、血走った目を執事へと向ける。執事は殺気すら感じられるほどに切羽《せっぱ》詰まった主人の視線を受けて、「ひいっ」と短い悲鳴を上げながら半歩後ずさった。

「一体、どういうことなんだ！　数千もの死なない兵士と人を超えた力がありながら、あいつらは負けたと言うのか？　それに、何故我々のことが国にバレているんだ！」

矢継《やつ》ぎ早《ばや》に質問されても、外の異変に気付いて報告に来ただけの執事に答えられるわけがない。

執事は主人たるゼイル公に詰め寄られ、後ずさってドアに背をぶつける。

「おい、黙ってないでなんとか言え！　……そうか」

ドアを背に怯える執事の胸倉を掴まんばかりの勢いだったゼイル公だが、何かに気付いてギジリと奥歯を噛みしめた。

「バスク……あいつだな！　今夜来ないからおかしいとは思っていたが、あいつが裏切ったのだな！」

拳を握りしめて吠えるゼイル公。そんな彼の憎しみの言葉に応えるかのようにドアが外側へと開いた。

逃げ出したい一心でドアに体重を預けていた執事は外の廊下へと倒れ込み、その向こう側から名を挙《あ》げられたバスク候が姿を現す。

「何も知らぬ執事に八《や》つ当たりとは、相変わらず醜《みにく》い対応だなゼイル公」

執事を跨《また》いで悠々《ゆうゆう》と部屋に入ってきたバスク候。ゼイル公は彼を憎々しげに睨みつけた。

「この裏切り者が！　よくも顔を出せたものだな」

奥歯を噛み締めながらバスク候を睨みつけ、ゼイル公は腰の剣に手をかける。そんな彼をバスク候はフンと鼻で笑った。

「裏切り者？　何を勘違《かんちが》いしている。俺は初めからこの国の——陛下のために動いているに過ぎない。自身の欲のために国を滅ぼそうとしていた貴様らの仲間になった覚えなど、端《はな》からないわ」

「くっ！　スパイを気取ったか？　いい気になりおって！」

ゼイル公は怒りに任せて剣を抜き放つが、構えを取る前にバスク侯が抜いた剣がその剣を弾き飛ばした。

「ふん、貴様のなまくらな剣が俺に届くと思っているのか？　おこがましい。俺は有事の際に貴族としての責任を全《まっと》うするために、鍛練《たんれん》を怠《おこた》ったことはない。地位だけに固執《こしつ》し、自身を磨《みが》くことを忘れた貴様らとは違うんだよ」

「はいはい。貴方の矜持なんてどうでもいいから、さっさと通してください」

格好よく啖呵《たんか》を切るバスク侯だったが、そんな彼を押し退《の》けて、オリミルが部屋に入ってくる。その懐には大事そうに、凶悪なメイスが抱かれていた。

「……オリミル……ちょっと酷くないか？」

「長ったらしい前置きは場を白《しら》けさせるだけです。さっさと本題に入らせてちょうだい」

横に追いやられて見せ場が潰れてしまったバスク侯が渋い表情を見せる。

しかし、オリミルはそんな彼に視線を向けることもなく一刀両断した。

バスク侯はそれ以上何も言えず、オリミルの後に入ってきたスミテリアに同情されるように肩に手を置かれていた。

「ぐっ！　オリミル……何故？」

突然のオリミルの出現に、ゼイル公は明らかな動揺を見せるが、オリミルはニッコリと微笑む。

「ふふふ、私がここに姿を現したことがそんなに不思議ですか？　ですよね、私は貴方が盛った毒で死の淵《ふち》を彷徨《さまよ》っている筈ですものね」

「くっ……バスクぅぅぅ！」

自分が毒を盛ったこともバレており、解毒《げどく》までされている。それを成したのが誰なのか気付いたゼイル公はバスク侯を睨みつけるが、すぐにオリミルがその間に割って入った。

「ゼイル公爵、私は毒を盛られたことについては遺恨《いこん》はありません。仮にも私は現王の妻、その地位に就《つ》いた時から謀殺《ぼうさつ》される覚悟は常に持っていましたから」

慈愛《じあい》に満ちた笑みを湛えるオリミルに一瞬、ゼイル公の目から憎しみの色が消える。

自分は許されるのか？　そんな考えがゼイルの脳裏を過《よぎ》った瞬間、スミテリアとバスク侯が「「甘い」」と同時に呟く。その呟きに応えるように、オリミルは口元の笑みはそのままに、視線だけ鋭くしてゼイル公へと放った。

「――ですが、国を混乱に陥れたことは許容《きょよう》できません。王妃として、その首謀者《しゅぼうしゃ》たる貴方に罰を与えさせていただきます」

言いながらオリミルはカトリーヌを振り上げる。

「ひっ、ひぃぃぃ！」

先ほどの慈愛に満ちた笑みから一転、今のオリミルの表情はゼイル公には地獄《じごく》の鬼にも見え――

「オ……オーガァァァーー」

　ゼイル公は恐怖に顔を引き攣らせながら、オリミルの蔑称《べっしょう》を叫ぶ。そんな彼にオリミルは、年齢に見合わぬスピードで無慈悲にカトリーヌを振るった。

「ぐっがぁぁぁっ！」

　棒の先についたトゲ付き鉄球が脇腹にめり込み、ゼイル公は身体を横にくの字に曲げると、そのまま側面の壁へと弾き飛ばされる。

「あああぁっ！　ぐがぁぁぁぁっ！」

　獣の咆哮《ほうこう》にも似た呻き声を上げてゼイル公はのたうち回る。

　他の貴族達は顔を青くして、まるで力弱い生き物が少しでも自分達を大きく見せるために大群《たいぐん》を作るように、ひと塊《かたまり》になって震えながらその光景を見ていた。

「本当に個人的な恨みはないのかしら？」

　壁際に横たわるゼイル公にゆっくりと歩み寄っていくオリミルを見ながら、スミテリアがボソリと呟く。そんな彼女にバスク侯は肩を竦めた。

「さて……それはないとは断言できないが、本人に追及もできないだろ」

「確かに……そうですね」

　ゼイル公の側に立ったオリミルの背中が嬉々としているように見えて、スミテリアは苦笑いした。

「うぐぅぅ…………………？」

身体中を駆け巡っていた痛みがスッと消えて、ゼイル公は驚きながら自分の脇腹を見る。

そこには服は破れているものの、傷一つない腹部があった。

ゼイル公は知る由《よし》もないが、オリミルの持つメイスはマジックウェポンで、与えたダメージを無効化するという効果を持つ。その一方で、精神的な苦痛は残るという代物だった。

「もう、痛みはないでしょう」

驚きと疑問の表情を浮かべているゼイル公に、オリミルが静かに語りかける。

「罰は与えても痛みは一瞬。それは王族の慈悲です」

「……オリミル……様……」

今度こそ救われたと思い、ゼイル公はニッコリと微笑むオリミルを見上げた。

そんな彼に向かって、スミテリアとバスク候が揃って首を左右に振る。

「「だから甘いって」」

「ですが、貴方が犯した罪はさすがに一発では軽すぎますね」

背後でハモる二人の言葉を受け流しながら、オリミルは再びカトリーヌを振りかぶる。

優しそうな笑みはそのままに。

ゼイル公の表情は安堵から一転、すぐに恐怖に引き攣った。

「い……いやだぁぁぁっ！」

ゼイル公の悲痛な叫びは、幾度となく彼の屋敷の地下にこだますることになった。

第14話　祝宴《しゅくえん》

「「「「かんぱーい」」」」

喜びに満ちた声が部屋の中に響き渡る。

ここは城の一室に急遽《きゅうきょ》設《しつら》えられた宴会場。

王族をはじめ、ベルゼルク卿やバスク侯などの貴族、テスネストやナストラといった宮廷魔導師、加えてマスティスやヒイロ達に更にはレッグス達まで集められ、これから祝宴《しゅくえん》が始まろうとしていた。

事態が収束してそのまま集められたため、もう少しで夜が明けるという時間帯である。

「えっと……こんなことをしていて、いいのでしょうか？」

周りに流されて酒がなみなみと注がれたジョッキを手に持ったものの、ヒイロは騒ぎが収まってすぐに始まったこの宴会に困惑していた。

王族や貴族に萎縮して小さく固まるレッグス達も、ヒイロの意見に同意するようにコクコクと頷いている。

ちなみにヒイロ達はいつもの姿だが、レッグス達は城で用意された正装（せいそう）を身につけていた。

そんなヒイロに、背後から抱きつくように肩を組む者がいた。

この宴会の発起人《ほっきにん》、ソルディアス王太子である。

「ヒイロ君、野暮《やぼ》は言いっこなしだよ」

もう酔っているんじゃないかという口調のソルディアス王太子は、ヒイロの肩に回した腕とは反対の手に持っていたジョッキを一気に呷《あお》った。

「ソルディアス王太子。ですがね……」

「どうせ明日からは、街の復興《ふっこう》や悪事に加担した貴族達の処分なんかに追われることになるんだ。今のうちに、息抜きくらいさせてくれよ」

困り顔で振り向いたヒイロに、ソルディアス王太子は愚痴るように言う。そしてすぐにいつもの笑顔になった彼は、ヒイロからレッグス達へと視線を移した。

「君達は確か……レッグスにバリィとリリィ、それにテスリスだったね」

「はっ……はいっ！」

まさか王太子が自分達の名前を知っているとは思わなかったレッグス達は、驚きと緊張に硬直《こうちょく》するが、慌ててレッグスが代表して返事をする。

そんな彼らを見渡して、ソルディアス王太子は微笑んだ。

「活躍は聞いてるよ。君達のお陰でセントールの人々が大分救われたみたいだね。ありがとう」

「そっ、そんな！　俺達はただ、自分のできることをしたまでで」

ヒイロの肩を抱いたまま、ソルディアス王太子は頭を下げる。王太子から感謝の言葉とともに頭まで下げられ、レッグス達が恐縮してかぶりを振ると、ソルディアス王太子は一層破顔《はがん》した。

「ふふ、冒険者にしては中々に遠慮深いね君達は。これは、ヒイロ君の影響かな？　間違ってもバーラットの影響ではないよね」

突然横を向き同意を求めるソルディアス王太子に、ヒイロは苦笑いで濁《にご》す。

そんなヒイロの態度を肯定と受け取ったソルディアス王太子は、悟《さと》ったようにウンウンと頷きレッグス達に視線を戻すと、ジョッキを高《たか》らかに掲げた。

「元々打診していた通り実力は申し分なし、面談で見るつもりだった性格もヒイロ君のお墨付《すみつ》きがあるとなると問題はないみたいだね。おめでとう、君達は四人揃ってSランク昇格だ」

「「「「えっ！」」」」

突然のソルディアス王太子の発言に、レッグス達がギョッと目を見開く。

「昇格って……こんなにあっさりと？」

戸惑うレッグスにソルディアス王太子は「ん？」と眉をひそめる。

「なんだい？　もっと厳格《げんかく》な場で昇格を宣言した方がよかったかい？」

「いえ、そうではありませんが……」

それはそれで困りそうだと口ごもるレッグス達。そんな彼らを押し退け、テスリスがソルディアス王太子を見つめた。

「王太子様！」

今のテスリスは城で用意されたドレスを着ており、正装に着られているレッグス達とは違い、貴族の息女のようである。

そんなテスリスが真剣に見つめてきたために、ソルディアス王太子はおちゃらけた雰囲気を引き締めて彼女を見つめ返し、言葉を待つ。

「失礼ながらお言葉を返させていただきます。全員がSランク昇格と仰《おっしゃ》っておられましたが、そこには私も含まれているのでしょうか？　元は三人がSランクにという話だったと思うのですが……」

「うん？　そのつもりだよ。パーティの全員がSランクなんて、前代未聞《ぜんだいみもん》だけどね。でも、今回の君達の活躍なら問題はないと思うよ」

「いえ、そうではなく、私はまだBランクなのです。BランクからのSランク昇格なんて、聞いたことがないのですが？」

真摯《しんし》に問うテスリスに、ソルディアス王太子はなんだそんなことかと笑みを浮かべる。

「確かに前例はないけどね、それも問題もないよ。なーに、冒険者ギルドにはこっちから話を通しておくから心配しないで」

おちゃらけたようにソルディアス王太子が締めくくると、テスリスは破顔し、背後からレッグス達が祝福の言葉をかける。

そんな彼らを微笑ましく見ていたソルディアスは、笑顔のままヒイロへと向き直った。

「彼らには国からSランク昇格のお祝いをあげないとね」

「また、宝物庫ですか？」

「まあね。彼らならヒイロ君と違って意義ある物を選ぶだろう」

「まるで、私が貰った篭手と鉄扇がガラクタみたいに言わないでください。頂いたこの二つは大いに役立ってくれてますよ」

皮肉にも聞こえるソルディアス王太子の言葉に、ヒイロは手に付けている篭手と、今は時空間収納に仕舞っている鉄扇を指して少しムッとしながら答える。すると、ソルディアス王太子は小さく肩を竦めた。

「まあ、君ほどの基礎《きそ》能力があればそうだろうねぇ。でも、よかった」

ホッと安堵の息をつくソルディアス王太子に、ヒイロが首を傾げる。

「何がです?」

「今回の件でSSランク冒険者が二人も裏切ったからね」

「レッグスさん達はその穴埋めですか」

ヒイロがそう返すと、ソルディアス王太子はやれやれと困り顔になった。

「SSランクの冒険者二人が行方不明になって、戦力が必要だったんだよ。あの二人が裏切った可能性も考えて、性格も加味してSランク冒険者を選ぼうと思ってたんだ。だけど、その矢先の冒険者がヒイロ君とバーラットの知り合いだと知って、少し不安だったんだよね」

自分は性格に難《なん》があると思われているのかとヒイロが渋面を作ると、それを察してソルディアス王太子はかぶりを振る。

「君の場合は謙遜《けんそん》が過ぎるからね。自分達には重荷《おもに》だと断られても困るし、バーラットみたいに尊大《そんだい》でも困ると思っただけさ。でも、いい感じの性格みたいで本当によかった」

自分が極端《きょくたん》な性格をしていると言われているようで、ヒイロが微妙な表情を浮かべる。

ソルディアス王太子はそんな彼をにこやかに見ていたが、突如、彼の背後に目をやって「あっ!」と声を上げた。

何事かとヒイロが振り返ると、そこではバーラットがマジックバッグから何かを取り出しており、王様をはじめとする人だかりができていた。

「バーラット！　それは宝物庫から持ってった例の酒だろ！　私にもよこせ！」

慌てて駆け出すソルディアス王太子の背中を苦笑いで見送り、ヒイロはレッグス達に向き直る。

「おめでとうございます、レッグスさん、バリィさん、リリィさん、テスリスさん」

順番にヒイロが祝福の言葉をかけると、レッグス達は笑顔で返事をした。

「これもヒイロさんのお陰ですよ。ヒイロさんに出会って魔族の集落で手柄を立てられ、ここでも活躍できたんですから。まあ、どちらもヒイロさんに助けられているのは情けないところですけどね」

「いえいえ、レッグスさん達の実力があったからこそですよ。私の助力など、後から手柄をかっさらっているようなものです」

確かに謙遜が上手くなったと、初めて会った時のレッグスを思い出しヒイロは笑みを浮かべた。

と、そこにヒイロの背後に何者かが駆けつける。

「ヒイロ様」

突然、可愛らしい声で呼びかけられヒイロが振り向くと、そこに料理が盛られた皿を両手で持つレクリアス姫の姿があった。

「レクリアス姫様、どうされましたか？」

どんな用件で話しかけてきたのかと尋ねるヒイロ。すると、彼女はスッと待っていた皿を前に出す。

「ヒイロ様、これをどうぞ」

差し出された料理を前に、ヒイロは姫様に給仕《きゅうじ》のような真似をさせてしまったのかと慌てた。

「ややっ！　これは申し訳ありません」

ヒイロは恐縮しながら皿を受け取り、ジョッキを側のテーブルに置いて、フォークで皿の中から肉を刺して口に運ぶ。

「美味《おい》しいです」

礼儀として味の感想を返すと、レクリアス姫はポッと頬を赤くしてニッコリと微笑んだ。

そんな姫の反応に、リリィがピクッと頬をヒクつかせる。

「ヒイロ様？　先ほど姫様と仰ってましたが、そちらの方は？」

答えは出ていたのであえて言及《げんきゅう》しなかったレッグスやバリィが慌てる最中、リリィが前に出ながら直球で追及する。

王族を前にして一歩も引かないその姿勢にレッグス達が頭を抱え、レクリアス姫が何かを直感してリリィに視線を向ける中、一人状況把握ができていないヒイロは呑気《のんき》に口を開く。

「ああ、こちらの方はソルディアス王太子の御息女《ごそくじょ》、レクリアス姫様です」

ヒイロの紹介に、「よりにもよって王の直系かよ」とレッグスが呻くが、耳に届いていないヒイロの紹介は続く。

「レクリアス姫様、この方々は先ほどソルディアス様からSランク冒険者の称号をいただいた、レッグスさんとバリィさん、それにリリィさんとテスリスさんです」

「ああ、お話は聞いておりました。今夜は随分と活躍なされたようで、王族として大変感謝いたします」

にこやかに差し出されるレクリアス姫の手を、パーティを代表して何故かリリィが握る。

その時、二人の背後に稲光《いなびかり》をバックに小犬と子猫が威嚇しあっている姿が、確かにレッグス達には見えた。しかしただ一人、二人の姿が仲睦《なかむつ》まじいものにしか映っていないヒイロだけは、ウンウンと嬉しそうに頷いていた。

と、そこに、フェス王子がマスティスとともに歩み寄ってくる。

「姉様、ここにいたんですね。母様が呼んでいましたよ」

「お母様が？　分かりました。ヒイロ様、ちょっと失礼しますね」

我に返って戦闘態勢を解いたレクリアス姫は、ヒイロに一礼していそいそとその場を後にした。その後ろ姿を見送り、フェス王子がヒイロに向き直る。

「いやー、危なかったですねヒイロさん」

「何がです？」

名残惜しそうにレクリアス姫の後ろ姿をガン見するマスティスを背に、フェス王子がそう言うが、その意味が分からずヒイロは聞き返す。

そんな彼の反応に、フェス王子はガクッと肩を落とした。

「分かってなかったんですか？　ヒイロさん」

苦笑いを浮かべるフェス王子に、ヒイロの背後でバリィが肩を竦める。

「ヒイロさんのそれは素《す》っすから、遠回しに言及しても理解させるのは無理ってもんですよ、王子様」

レクリアス姫を姉様と呼んだことから王子様だと当たりをつけたバリィの言葉に、フェス王子は「ヒイロさんにそんな弱点が」と苦笑いを一層深める。そしてすぐに真顔になると、ヒイロの背後に視線を向けた。

「挨拶が遅れました。僕は王太子の第三王子、フェスリマスです。貴方がたは、レッグスさん達ですよね」

人懐《ひとなつ》っこい笑顔で自己紹介するフェス王子に、レッグス達も今度は安心して挨拶を返す。

一通りレッグス達の挨拶を聞いたフェス王子は、笑顔を彼らに向けたまま、背後にいるマスティスのジャケットの裾を後ろ手に引っ張った。

「ほら、ジッと見てても姉様は貴方の気持ちには気付いてくれませんよ。今は彼らに挨拶をする方が先ではありませんか？」

　フェス王子の言葉に、ずっとレクリアスの姿を追っていたマスティスが我に返って慌てて振り向く。

「これは失礼。僕はSSSランクのマスティスです、よろしく」

　体裁《ていさい》を整えつつ爽やかに挨拶をするマスティスに、レッグス達はギョッと目を見開いた。

「マスティスさん？　あの有名な？」

　SSSランクの冒険者として国内で著名《ちょめい》なマスティスの挨拶に、レッグスが驚きの声を上げると、彼は笑みをそのままに口を開く。

「どう有名だか知らないけど、おそらくそのマスティスだと思うよ」

　どんな尾ひれが付いているのかと愛想笑いを浮かべるマスティス。そんな彼にレッグス達が「はぁ～」と羨望《せんぼう》の混じった視線を向けていると、ズズイとリリィが彼に近付いた。

「かの有名なマスティスさんに会えるなんて光栄です」

「光栄なんて、そんな……僕はそれほどの者ではありませんよ」

　謙遜するマスティスに、リリィは目の奥を光らせながら更に続ける。

「いえいえ、そんなことありませんよ。マスティスさんほどの方なら随分とおモテになるのでしょう？」

　話を色恋沙汰《いろこいざた》に持っていくリリィに、マスティスは慌ててかぶりを振った。

「そんな！　僕なんて全然モテませんよ」

謙遜などではなく、本当にそんな覚えがないマスティスの言葉を聞いて、ヒイロはレッグスとバリィに顔を寄せる。

「あの容姿と肩書きでモテないなんて、あり得ませんよね。マスティスさんは随分と鈍いみたいです」

マスティスを見て「困った方ですねぇ」と言うヒイロに、レッグスとバリィは貴方がそれを言いますかとジト目を向けた。

そんな中、マスティスにレクリアスに対する行動を起こしてもらいたいリリィの誘導は続く。

「いえいえ、マスティスさんなら交際を申し込まれて断る女性はそうそういませんよ。マスティスさんには気になる方はいらっしゃらないのですか？」

先ほどのマスティスの行動を見て分かっているだろうに、白々《しらじら》しいリリィの言葉に、フェス王子が若干引き気味に後ずさってヒイロ達へと合流する。

「えっと……あのお姉さんはもしかして……」

確認するようにフィス王子がレッグス達を見ると、苦笑いの彼らを代表してテスリスがため息混じりに口を開く。

「ライバル減らし、ですね。あまりにあざとすぎますけど」

「はは……やっぱり、あのお姉さんも姉様と同じなんですね」

乾いた笑みを顔に貼り付け、フェス王子が意味ありげに視線を送ると、ヒイロはニッコリと微笑み返す。それを見たフェス王子は、ああ、やっぱり分かってないのですね、とガックリとうなだれた。

それから、マスティスになおも食い下がるリリィをレッグス達が引き剥がしたり、「魔法生物を死滅させたあの歌はなんだったのか」というテスネスト達の話が聞こえてきて、ヒイロがシラを切るように口笛を吹いたりする場面がありつつ、宴《うたげ》は続いていく。

そして――

「ヒイロさ～ん、呑んでますかぁ？」

突然ネイがヒイロの背中に抱きついてきて、レッグス達はギョッとした。

リリィなどは明らかな動揺を見せて、口をパクパクさせながらネイを指差す。

「なっ！　……な、な、な……何をしてるんですか、ネイさん！」

リリィがやっと声を絞り出すと、ヒイロの背中に抱きついたままのネイは、彼の肩口から「ん？」と彼女を見る。

「何って……おんぶ？」

「おんぶじゃありません！　それは抱きつくというんです！　早くヒイロ様から離れてください！」

凄《すさ》まじい勢いのリリィに、ネイは「べ～」と舌を出す。

「ネイ、ダメですって、降りましょう」

後からネイを追ってきたレミーがそう説得すると、ネイはやっとヒイロから離れ、「えー……仕方がないなぁ」と持っていたコップをグイッと呷った。

ネイのそんな姿を見て、ヒイロは眉をひそめる。

「ん？　ネイは何を飲んでいるんですか？」

顔を赤らめているネイを不審に思い、ヒイロがレミーに尋ねる。すると、彼女は「あはは……」と困ったように笑って、自分も持っていたコップを差し出す。

「これです……私も飲みましたけど、果実のジュースだと思いますよ」

コップを受け取り、クンクンと匂いを嗅《か》いだ後でチョビッと味を確かめるヒイロに、レミーは自分が飲んだ感想をおずおずと語る。

味的には確かに甘い。果実と蜂蜜《はちみつ》の風味が合わさったような、口当たりがよく飲みやすい飲み物である。

しかし、その後にくるカッと喉が熱くなる感覚に、ヒイロは目を見開いた。

「これ、果実酒と蜂蜜酒《ミード》を合わせたお酒でしょう！　誰です、未成年にお酒なんて飲ませたのは！」

会場を見渡して叫ぶヒイロに、その場の全員の視線が集中する。

それにも臆《おく》することのないヒイロがなお全員を見渡していると、不意に一人の男がヒイロへと近付いてきた。

「やはり、貴方でしたか……」

確信はありつつも、決め付けてはいけないとあえて確認をとったヒイロの前に、バーラットが立つ。

「なんか、まずかったか？」

悪《わる》びれもせずに問うバーラットに、ヒイロはレミーから受け取ったコップを突き付ける。

「これって、お酒ですよね」

「ああ、エルフが精霊祭《せいれいさい》の時に出す珍しい酒だが、俺には甘すぎてな。女性の口には合うんじゃないかと俺がネイとレミーに振る舞った」

「別に問題ないんじゃな～い」

バーラットを援護《えんご》するようにニーアが彼の背後を飛び回る。その軌道《きどう》はえらく蛇行《だこう》していた。

「……ニーアも飲んでいましたか……ダメでしょう！　未成年にお酒なんか飲ませて！」

酔っ払い飛行しているニーアから視線を戻しキッと睨みつけてくるヒイロに、バーラットは「うん？」と首を傾げた。

「未成年？　……こいつら、十五歳になってなかったんだっけか？」

「へ？」

「はぁ？」

話が噛み合わずに見つめ合う二人。

硬直《こうちょく》した二人の姿が面白かったのか、ネイは笑いながらバシバシとヒイロの頭を叩いていた。

するとと、騒ぎを聞きつけたバルディアス王が二人に近寄ってくる。

「この国では十五歳で成人し、全ての行動の責任はその時から本人が持つことになっている。勿論、飲酒の自由も十五歳からなのだが……ヒイロ殿の住んでおった所では違ったのかな？」

バルディアス王の問いかけに、ヒイロは「ああ……」と、天を仰《あお》いだ。

「そういうことだったんですか……申し訳ありません。私達の世界では成人は二十歳からだったものですから……でも――」

バルディアス王に謝りながらも、ヒイロはキッとバーラットを睨む。

「ちゃんとお酒だと説明して彼女達に渡したんですか？　バーラット」

詰問《きつもん》するような口調のヒイロに、バーラットは「あー……」と白々しく呻きながら明後日の方向に視線を泳がす。

「いや、なに。こんな席で出てくる飲み物は酒だと分かってるもんだと思ってな」

「やっぱり言ってなかったんですか。その結果がコレですよ」

未だに自分の頭を叩いていたネイの腕を取り、ヒイロは彼女を指差す。

「舐める程度しか飲んでない筈なんだがな。俺も、ネイがそんなに弱いと思ってなかったんだ……そんなことより、ヒイロは陛下に聞きたいことがあったんじゃないか？」

自分に非難の視線を向け続けるヒイロに対して、バーラットは面倒臭そうにバルディアス王を指差す。

そんなバーラットにため息をつきつつ、確かに確認したいことがあったヒイロは、バルディアス王へと視線を向けた。

ヒイロ達の様子を肴《さかな》にニコニコしながらジョッキを呷っていたバルディアス王は、突然話を振られてジョッキから口を離してヒイロを見る。

「なんだ？　儂《わし》に聞きたいこととは」

「実は、呪術士であった魔族のことなんですが……彼は去り際《ぎわ》に、『何の罪もない自分達魔族を封じたのは人間達だ』と言ったのです」

ヒイロが言い辛そうに話すと、バルディアス王は口元に湛えていた笑みを消し、鋭い眼光でヒイロを見た。

「……魔族が、そう言ったのか？」

「そう、なんですが……種族が違えば倫理観《りんりかん》も違うでしょうし、彼らが何もしてないと思っていても、実際は人間が脅威《きょうい》に感じるような何かをやらかした、という可能性もあります。なので、その辺りのことは伝承《でんしょう》に残ってなかったのかと思いまして……」

「ふむ……口伝《くでん》で残っているのはシコクの封印を解くなということだけでな。封印に至る経緯《けいい》までは伝わっておらん。しかし、魔族がそういう風に考えているならば、恨みは相当なものになるな。それが人間全てに向けられているとなると……」

難しい顔で考え込んでしまうバルディアス王。そんな彼の肩に背後から手が置かれる。

「陛下。情報が不足している状態でいくら悩んでも、答えは出るものではありませんよ」

柔らかな口調でそう言われ、ヒイロ達がバルディアス王の背後に視線を向けると、そこには王妃、オリミルの姿があった。

「分からなければ、分かる方に聞けばいいのです」

「分かる者に聞けと言われても、千年も前の話、一体、誰が知っているというのだ？」

「その時代に生きていた方ですよ」

ニッコリと微笑みながらとんでもないことを言うオリミルに、バルディアス王はギョッと目を見開く。

「まさか……」

「ええ、独眼龍《どくがんりゅう》殿です」

狼狽《うろた》えるバルディアス王に、オリミルは当然というように答える。

「おいおい、かの者とは不戦の約束をしているとはいえ、実際に会って交渉《こうしょう》したのは父上のみで、我々は会ったこともないのだぞ」

「ですが、当時の事を知っている方は他にいないでしょう」

「しかし……」

オリミルの提案にバルディアス王は二の足を踏む。

それもそのはずで、不戦の条約を交わした先代の王以外、かの者と会った者はいないために、独眼龍の気性《きしょう》などを知る者はいなかった。

かつては一晩で十もの街や村を滅ぼしたとも言われている伝説の生き物と会うという提案に、及び腰になるのは仕方がないことである。そんな王を尻目《しりめ》に、ヒイロがおずおずと手を挙げる。

「すみません。独眼龍さんと言うのは確か……」

「ここから東に二日ほど行った所にある港街、ママシツの小島に棲むエンペラー種、エンペラー・エンシェントドラゴンのことだ。伝説では、この世界ができる前から存在していると言われている」

「なるほど、そんなに長生きなら千年前のことを知っていてもおかしくないですね」

王に代わって説明したバーラットの話を聞き、行く気満々な様子を見せるヒイロ。

その言動に、レッグス達は「いいっ！」と驚きの声を上げ、エンペラーレイクサーペントを倒したヒイロの実績《じっせき》を知っているバーラットとバルディアス王は大きくため息をつく。

そんな中、笑みを絶やさなかったオリミルが口を開いた。

「まあ、会う会わないの判断はヒイロさんに任せるとして、それよりも今は、今回の事件を解決したヒイロさん達の恩賞《おんしょう》の話をしましょうか」

第15話　さらば王都

突然話を変えられ、出発はいつにしようかというところまで考えが至っていたヒイロは、「えっ！」とオリミルを見る。

「恩賞って……今まで随分といただきましたよ？」

「それは今回とは別件の話でしょう。呪術士の術を無効化し、退《しりぞ》けた恩賞はまだな筈ですが？」

「いや、それは私が頼まれてもいないのに勝手にやったことで……それで恩賞というのも……」

貰いすぎではないかと思ってしまい恐縮するヒイロに、オリミルはニッコリと微笑む。

「謙遜は過ぎると嫌味《いやみ》に感じてしまいますよ。今回のヒイロさんの働きは、無償《むしょう》にするには大きすぎます……それでですが、ヒイロさん。貴族位を拝命《はいめい》しませんか？」

「あっ、それ、儂が既に断られておるぞ」

オリミルの提案に、食い気味にバルディアス王が返す。自分を見るバルディアス王を、彼女は笑みを消して見つめ返した。

「陛下、何故それを先に言わないんです。私がバカみたいじゃないですか」

「いや、あの時君は臥せっていたから……余計な話は体に障《さわ》ると思って……」

「臥せっていても話を聞くことくらいはできます。陛下はいつも言葉が足りないのです。いいですか……」

突如始まった夫婦の言い争いに、原因となったヒイロは口を出すべきではないのだろうなと思い、オロオロしながら見守る。すると不意にオリミルはヒイロ達の方に目を向けた。

「ヒイロさんが辞《じ》するのなら……ネイさん、貴方が拝命しませんか？」

「ほへ？」

突如出てきた自分の名前に、ヒイロにしな垂《だ》れかかるようにウトウトしていたネイが寝ぼけ眼《まなこ》で自分を指差す。

「お、おい……ネイを貴族なんて、一体何を考えて……」

オリミルの考えが読めず、バーラットが思わず口を出す。すると、オリミルは彼へと視線を向けた。

「今回の貴方達の働きはあまりに大きすぎます。その働きに見合う恩賞となると、どうしても土地レベルになってしまうのです。そう思いませんか、バーラットさん」

口元は微笑んでいても目は笑っていない。そんな表情のオリミルはあまりに迫力があり、バーラットは何か裏があると思いながらも黙り込む。

「で、どうですか?」

バーラットを黙らせたオリミルは再びネイへと視線を向ける。酔っ払って状況判断が鈍っているネイは、聞かれて少し考える素振りを見せた後――

「ん~……要《い》らないかな」

と答えた。

この世界では最高ともいえる褒賞《ほうしょう》を簡単に蹴ったネイを、レッグス達やマスティスがギョッと見やる。そんな中、バルディアス王が嘆息しながら口を開いた。

「ネイ殿には、どうしても貴族位を拝命して欲しかったのだがな……」

「それは、どういうことだ?」

ネイの代わりにバーラットが疑問を口にすると、彼の背後から近寄ってきたソルディアス王太子が耳元で周りに聞こえないように囁《ささや》いた。

「ネイさんは冒険者としてここにいますが、元は違うということです」

「あっ!」

ソルディアス王太子の言葉で全てを察したバーラットが声を上げる。その様子に、バルディアス王とオリミルはそういうことだと真摯な視線を向けながら頷いた。

「なるほどな。だとすれば、ネイは貴族位を拝命するべきか」

今まで乗り気ではなかったバーラットが手の平を返して、ヒイロは支えていたネイととしに不審な視線を彼へと向ける。

「どういうことです？　バーラット」

「ネイはチュリ国に所属していた勇者だ。その所在がチュリ国にバレ、国としてネイの返《へん》還《かん》要求をされたら、ホクトーリク王国としては断ることができん」

ヒイロとネイにしか聞こえないようなバーラットの囁きに、酔っ払って理解できないネイは首を傾げ、ヒイロは息を呑む。

「それを回避する手段が、ネイの貴族位拝命ということですか？」

「ああ、ネイの素性《すじょう》を知らずに拝命したという形をとってしまえば、たとえ返還要求が来たとしても、自国の貴族を渡すことはできないと突っぱねられるんだ」

「……国レベルでネイを守ってもらうには、必要だということですか」

「そういうことだ。まあ、王族としては他に魂胆《こんたん》があるようだが、俺達としてはそれを断るのは得策ではないな」

最初にヒイロに貴族位拝命の話を持ってきている以上、ネイへのこの話はヒイロを押さえておく保険的な意味合いがあるとバーラットは踏んでいた。

しかし、ソルディアスの言うような意図があるのなら、この話はネイのためにも断るべきではない。

オリミルの謀略《ぼうりゃく》の深さに舌を巻き、苦笑いを浮かべながらバーラットは彼女を見る。

「その話、受けさせてもらおう。ネイ、お前もいいな」

「ん～、バーラットさんに任せる」

ヒイロに支えられながら寝息を立て始めていたネイの投げやりな了承《りょうしょう》を得てバーラットが頷くと、オリミルは安堵の息を漏らす。

「よかったわ。それじゃあ、ネイさんには伯爵《はくしゃく》位を拝命してもらうことにして、領土はどこがいいかしら？」

「コーリの街で頼む」

「コーリの街ですか……スミテリアさん」

まるでコーリの街が選ばれることが予定調和だったかのように、いつのまにか背後に控えていたスミテリアにオリミルは声をかける。

「コーリの街を治める貴族の変更、貴方のお父様への連絡を頼めるかしら？」

「はい、すぐに早馬《はやうま》を向かわせましょう」

コーリの街を含むクシマフ領の領主は、実はスミテリアの父が務《つと》めている。その父に連絡を入れるため、スミテリアはニッコリと微笑み、すぐさま行動を起こすべく退室した。

「へぇ……、これでコーリの街はネイのものなんだ……凄いね」

「いや、治めるだけでネイのものってわけじゃ……」

自分の頭の上に降り立ち、ネイが独裁者《どくさいしゃ》になるような言い方をするニーア。そんな彼女にヒイロは言い返そうとしたが、頭の上から寝息が聞こえ始め、ため息をつく。

「バーラット、二人が限界みたいです。そろそろ夜も明け始める時間でしょうし、私は二人を連れてお暇《いとま》しますね」

支えていたネイと、頭の上で横になってしまったニーアを指して断りを入れるヒイロ。

バーラットは「ああ、頼む」と返し、ヒイロはその場を後にした。

ヒイロが去った後、バーラットは王族に囲まれながら大きく息を吐く。

この件は、同郷のネイをヒイロが放っておけるわけがないと読んで仕組まれたのだろう。

加えて、コーリを指定してあっさり受け入れられたあたり、コーリなら何かあっても自分が矢面《やおもて》に立ちネイをフォローできると考えていることが、オリミルに読まれていたと思われる。そう思い至ったバーラットは、面白くなさそうに口をへの字に曲げる。

「やってくれたな」

小さく吐き捨てるバーラットに、王族達は申し訳なさそうに苦笑いを浮かべる。

「本当はこんなことしたくはないのだがな。ヒイロ殿にトウカルジア国の目が届いてしまっている以上、我々も手を打たないわけにはいかんのだ」

「ふん、レミーも警戒されてるわけか……」

バルディアス王に言葉を返してバーラットは辺りを見回す。いつのまにか消えているレミーの姿を確認して、バーラットは再び嘆息した。

「ということは、俺がこの後伝えるつもりだった嘆願《たんがん》も計算に入ってるんだな」

「うむ、トウカルジア国への遠征《えんせい》の話ならば、許可しよう」

「断ればヒイロの機嫌《きげん》を損ねる可能性があるって思ったか？　それとも、トウカルジア国に行くであろうヒイロの監視《かんし》を俺に頼みたかったか？」

「両方だな」

あっさりと認めるバルディアス王に、バーラットは三度嘆息した。

「ネイに貴族位を与えてヒイロに間接的な鎖《くさり》を付けておけば、あいつが他国に行っても安心できるってわけか……まったく、これだから王族ってやつは……」

そう愚痴を零すと、バーラットは面白くない気持ちを飲み込むように盛大にジョッキを呷った。


会場を出てネイとニーアを連れて歩くヒイロの後を追っていたレミーは、城から出てすぐにその足を止めた。

ヒイロの安否《あんぴ》を気にしていたレミーだったが、彼が無事城から出られたことで、その心配はなくなったからだった。

レミーが心配していた安否とは、武力的な意味合いではなく、色仕掛け的な意味だ。

つまりは、レクリアス姫の襲撃を心配していたのである。

(レクリアス姫が現れたら偶然《ぐうぜん》を装《よそお》ってヒイロさんに合流して邪魔しようと思いましたが、取り越し苦労でしたね)

実は、城の中にはヒイロ達の部屋が用意されていた。レクリアス姫はスミテリアの案によりヒイロの部屋で待っていたのだが、当のヒイロはスミテリア達との話が終わってすぐに宴会場を出たために、部屋があることを誰にも聞かされなかったのである。

結果、ヒイロは当然のように街にある宿を目指した。

レミーは何もなかったことに安堵しつつ、ヒイロとともに宿に帰ろうと再び足を進めようとする。しかし次の瞬間、彼女の姿勢は一歩足を踏み出したところで止まる。

(……!　まさか、私が背後を取られた⁉)

確かに感じる背後からの気配に、レミーは緊張を強いられた。

そんな彼女の緊迫した思いを嘲笑うかのように、背後から声が発せられる。

「あら、私の気配に気付くなんて、成長したわねレミー」

「その声……ミリー姉さん⁉」

驚いて振り向くレミーの眼前で、黒装束を身に纏った女性がヒラヒラと手を振っていた。

その姿を見て、レミーは安堵の息を吐く。

「ミリー姉さん、どうしてここに……」

「ここでオリミル様に雇われてるのよ」

トウカルジア国の密偵として諜報活動をしてるはずの姉がオリミルに雇われていると知って、レミーは目を丸くする。

「雇われてるって……ミリー姉さんは確かこの国の諜報を任されてたはずでしょ？」

「うん、そのつもりで潜《もぐ》り込んだんだけど、オリミル様って抜け目なくて……いつのまにか、オリミル様のために諜報活動をする羽目になってたのよ。まあ、こっちの裏を探りながら本国にもその情報を送ってるから、一石二鳥《いっせきにちょう》なんだけどね」

「それって……ミリー姉さんの素性は完璧《かんぺき》にバレてるよね」

ジト目で見つめてくるレミーに、ミリーは「あはは」と乾いた笑いを浮かべた。

「言ったでしょ、オリミル様は抜け目ないって。その辺も加味されて使われてるのよ、私は」

「はぁ～、私の前年に忍者学校を首席《しゅせき》卒業した人が情けない……」

心底落胆《らくたん》したように呟くレミーに、ミリーはムッと頬を膨らませる。

「そういう貴方はどうなのよ。貴方の任務は確か、ヒイロさんを本国に連れていくことだったわよね。陛下から直々《じきじき》に受けた依頼でしょう？　その割には随分と時間がかかってるんじゃないの？」

「うっ！　だってしょうがないじゃない。ヒイロさんを力尽くで連れていくなんてできるわけないいし、興味を持ってもらうように誘導するしか手がなかったんだから」

（それに、無理強《むりじ》いしてヒイロさんに嫌われたくないし……）

最後の言い訳は心にしまって反論すると、ミリーは深々とため息をついた。

「そうよね。確かにあの力じゃ、実力行使ってわけにはいかないわよね。でも、あんまり時間をかけたら貴方の立場が悪くなるわよ」

ヒイロと呪術士の戦いを目の当たりにしていたミリーは、確かに仕方がないと思いながらも心配そうにレミーに忠告する。

「分かってる。近いうちに連れていけると思う」

「そう……分かったわ」

レミーの返答を聞いて、ミリーは心配そうな視線を彼女に向けたまま周囲の闇に溶け込んでその姿を消す。

レミーは「分かってる」と自分に言い聞かせるようにもう一度呟きながら、姉の消えた場所をいつまでも見つめていた。

そして翌日。

二日酔いでガンガンと痛む頭を押さえながら、現状を理解しきれないネイが厳粛《げんしゅく》な場で伯爵位を拝命したのは、昼過ぎのこと。

それが終わった後、レッグス達が宝物庫から祝いの品を貰う手筈《てはず》になっていたのだが、その場には立ち会わず、ヒイロ達は急ぎ宿へと向かっていた。

「なんで、こんなに急いでいるんだ？」

早足で城から城下町に続く下り坂を下るヒイロに、昨夜の酒が抜けきらずに体がだるいバーラットが非難の声を上げる。

「据《す》え膳《ぜん》が……昨日、非常〜にまずい据え膳が供《そな》えられていたんですよ」

ネイの貴族拝命式の後、スミテリアとレクリアス姫から言われたことを思い出して、ヒイロは震えるように呟く。

『昨日はどうしてお帰りになったのですか？　せっかく、城の中に部屋を用意しておりましたのに』

そんなスミテリアの台詞《せりふ》に、『わたくし、ヒイロ様のお部屋でお待ちしていたんですよ』とレクリアス姫が続けたことで、ヒイロは震え上がった。

そんな場面を思い出し、ヒイロは顔を青ざめさせる。

「私を籠絡《ろうらく》するためだけに、私の娘ほどの年のレクリアス姫様が望まぬ結婚を強いられるなんて、絶対にあってはならないことです！」

早足を緩めずに力強く断言するヒイロに、バーラットをはじめとして、ニーア、ネイ、レミーの四人が「ああ……」と呆れたように返す。

「確かに、望む、望まぬは置いとくとして、あまり長居するべきではないな」

「望む？　そんなわけないではないですか。レクリアス姫様は純粋な方ですから、母であるスミテリア様から言われたことに疑問を抱かないだけですよ。あんな麗《うるわ》しく若い方が、私なんかとの結婚を望むわけがありません」

「そうだな……じゃあ、サッサとここからおさらばしようか」

バーラットが投げやり気味に返事をすると、二人の会話が途切れた時を見計《みはか》らってネイが口を開く。

「ところで、なんで私が伯爵位を貰うなんて話になってるの？　しかも、コーリの街周辺の統治《とうち》まで任されるなんて……」

「まだ、言ってるのか……そのことなら昨日、お前にも了承を取ったって言ってるだろう」

バーラットの反論に、ネイはプゥーと頬を膨らます。

「私、覚えてないもん」

「偉くなった上に土地まで貰ったんだよ、いいこと尽《づ》くめなんだから、いいじゃん」

ヒイロの頭の上のニーアが、何が不服《ふふく》なの？　とでも言いたげに返すと、ネイはキッと彼女を睨む。

「あのねぇ……土地を治めるってことは、そこに責任が発生するのよ！　あ～あ、私この先、ずっとコーリの街に滞在《たいざい》し続けなくちゃいけないのかなぁ」

「はぁ？　んなわけないだろ」

天を仰いで嘆くネイに、バーラットが返す。

「領全体の領主ならいざ知らず、街の領主なんて飾《かざ》りみたいなもんだよ。それぞれの街に運営専門の奴らがいて、皆そいつらに丸投げだ」

「えっ！　そんなもんなの？」

驚くネイに、バーラットは頷いてみせる。

「街を治める領主は貴族って決まってるが、貴族の全員が全員、才能ある奴ばかりじゃないだろ。中には税を上げて自分が肥《こ》えることばかり考えている奴もいるぐらいだからな。領主なんて、税の中から自分の取り分を吸い取るだけのダニみたいなもんだよ」

「……街に張り付いていなくてもいいのはよかったけど、そう思われるのはなんとなくやだなぁ」

「なら、なんか街の奴らが喜ぶようなことを提案して実行させればいい。そうすりゃ、街の人間はいい領主だと思うさ」

「街の人が喜ぶことって言われても……何をすればいいのよ」

「そりゃあ、自分で考えろ」

投げ捨てるようなバーラットの言葉に、ネイは頭を抱えながら「うがー」と呻いた。

第16話　ママシツの街にて

ママシツの街。

港街であるこの街は、他の港街と同じく漁業中心で成り立っている。そしてその他に、人を襲わないエンペラー種の棲まう小島を擁《よう》する街として、観光にも力を入れていることでも有名だった。

そんな街の外れの絶壁《ぜっぺき》の上で、ヒイロは潮風《しおかぜ》を頬に受けつつ、断崖《だんがい》にぶつかる波の音を聞きながら海に浮かぶ数々の小島を見渡していた。

あまりの景色の良さに「ほう……」と感慨《かんがい》に浸《ひた》っていると、その隣でネイが小首を傾げる。

「えっと……私達、コーリの街に帰ってたんじゃなかったっけ？」

「んー、僕もそう思ってたけど、海産物が美味しいから別にいいんじゃない」

酔っていてママシツの街に来た理由を聞き逃していたネイに、ヒイロの肩に座り貝のバター焼きにかぶり付きながら、同じく聞き逃していたニーアが呑気に答える。

そんな二人にクスッと笑みを零しながら、レミーは二人を見た。

「ここには、ヒイロさんたっての願いで独眼龍さんに会いにきたんですよ」

「独眼龍？」

初耳であるネイが聞き返すと、ニーアがしたり顔で喋り始める。

「独眼龍ってのは神龍帝《しんりゅうてい》とも呼ばれている、この地に棲むエンペラー・エンシェントドラゴンのことだよ」

「えっ！　エンペラー種のドラゴン⁉　なんでそんなのと会うことになってるの？　まさか、討伐《とうばつ》するなんて言うんじゃないでしょうね」

驚くネイに、レミーがまさかと苦笑混じりに首を振る。

「ヒイロさんが話を聞きたいだけみたいですよ」

「話をって……話が通じる相手なの？」

ネイの懐疑的《かいぎてき》な視線に、ヒイロはポリポリと人差し指で頬を掻いた。

「う～ん、聞くところによると、ホクトーリクの先代の王は酒樽《さかだる》片手に話し合いに行って、不戦の条約を交わしてきたそうです。話が通じない方ではないと思いますよ」

呑気に答えるヒイロの態度に、ネイはジト目になる。

「本当〜にぃ？　エンペラー種相手に五人で戦うなんて、あり得ないからね」

「はは……そんなつもりは毛頭《もうとう》ありませんが、確かに最悪を想定して、対策は立てておいた方がいいかもしれませんね」

「「「対策？」」」

エンペラー種相手に気負《きお》う様子を見せないヒイロに三人が同時に聞き返すと、彼は「う〜ん」と考え始める。

「ドラゴンに有効なものとなると、赤い眼の魔王的な方の力を借りた魔法、あたりでしょうか？」

「ちょっ！　それって、ドラゴンうんぬん以前に、一発で城すら破壊する魔法じゃないの⁉」

ヒイロの言葉にネイが慌てて声を荒らげる。


〈【全魔法創造】により、ドラゴン特攻型魔法、ドラゴンスレイブ・フレアを創造します——創造完了しました〉


「……できちゃいました」

振り返って申し訳なさそうに呟くヒイロに、ネイは盛大にため息をついた。

「はぁ～……何考えてるのよ【全魔法創造】は……ヒイロさんにホイホイ大破壊魔法を与えないでほしいなぁ。ただでさえこの人、自重《じちょう》ってことを知らないんだから」

「そんな、私を破壊の権化《ごんげ》みたいに……」

目を丸くして憤慨するヒイロに、ネイはビッと人差し指を突き付ける。

「キワイルの街の北の海岸沿いに大きなクレーターをこさえたのは一体、どこの誰？」

「うっ！　あれは、不可抗力《ふかこうりょく》と言いますか……実際に使わないと威力までは分からないせいだと言い訳をしてみたり……」

「ほら、使わないと威力は分からないんじゃない。そんな魔法をぶっつけ本番で使うような軽率《けいそつ》な人が言い訳しない！」

「……はい」

言い負かされてシュンとするヒイロ。そんな彼に同情して、レミーとニーアが助け船を出した。

「まあ、まあ、ネイ。確かにヒイロさんは必要以上のハイパワーを周りに撒き散らしますが、それは一生懸命《いっしょうけんめい》、状況を打破しようとした結果じゃないですか。別に、私利私欲《しりしよく》のために使ってるってわけじゃないんですから、そんなにヒイロさんを責めないでください」

「そうそう、ヒイロは今のままでいいよ。逆に、慎重《しんちょう》で冷静なヒイロなんて、ヒイロじゃないじゃん」

「う〜ん……まぁ、確かにその通りよね。ゴメン」

二人から窘《たしな》められて謝るネイに、ヒイロはレミーとニーアの言いようにも若干納得のいかないものを感じつつ、曖昧な表情で「いえいえ」と返す。

「ネイは真面目ですからね。もしかして、元々は生徒会長でもしていましたか？」

実際、元の世界では中学、高校と生徒会長をしていたネイは、ヒイロに図星《ずぼし》を突かれてあからさまな動揺を見せる。

「うっ！　こっちの世界に来てヒイロさんと合流してからはオタク全開にして、真面目モードは消してたつもりだったけど……やっぱり長年積み上げてきた性格は消えないのかなぁ」

「ははは、三つ子の魂百までって言いますからね。それが繕《つくろ》っていた性格でも、染み付いたものはそうそう消えるものではありませんよ」

ヒイロが慰《なぐさ》めるようにネイの肩をポンポンと叩いていると、崖下の港街へと続く坂道に人影が見え、全員がそちらへと視線を向けた。

人影の正体——バーラットは、小難しい顔で面白くなさそうに後頭部を掻きながら坂道を上がってきたが、皆の視線に気付いて「おう」と手を上げる。

「どうでした？」

成果を聞くヒイロに、側までやってきたバーラットは渋面を作りながら再び後頭部に手を置く。

「駄目だな。漁師《りょうし》を一通り当たってみたが、船を出してくれる奴がいない」

独眼龍の棲む小島への移動方法として、船を調達しようとしていたバーラット。

しかし、その労力は空振《からぶ》りに終わっていた。

観光の目玉とはいえ相手はエンペラー種の魔物。近付きたくないと断られるのは、念頭にあった。

しかし、まさか漁師全員から断られるとは思ってなかったために、一行は途方に暮れて意気消沈《いきしょうちん》する。そんな中、ヒイロの肩で「はい！　はい！」とニーアが元気よく手を上げた。

「だったら、ぼくがウォーターウォーカーを使うから皆で海中を歩いていけばいいいんだよ」

水の中を歩けるようにする魔法、ウォーターウォーカー。

宝物庫で手に入れた魔道書で習得した魔法を使ってみたいとニーアは提案したが、バーラットは仏頂面《ぶっちょうづら》のまま首を左右に振る。

「それがな、船が出せないのは独眼龍を恐れてって理由だけじゃないんだ。独眼龍が棲む小島を誰も知らないからなんだよ」

「はい？　だって、先代の王様が行ってるんですよね？」

「ああ。だが、好奇心で訪ねる者がいる可能性を懸念《けねん》してなのか、先代は地元の人間に独眼龍の棲む場所を伝えなかったらしいんだ」

バーラットの話を聞き、ヒイロはバッと海へと視線を向けた。海には大小さまざまな小島が百近く浮かんでいる。

「あの中から独眼龍さんが棲んでる小島を探さないといけないんですか？」

途方もない労力を必要とするであろう現実に冷や汗をかくヒイロに、バーラットは重々しく頷く。

「しかも、ここにいてエンペラー種の気配が全く感じられないということは、その場所自体、巧妙《こうみょう》に隠されている可能性がある。それが出入り口だけなのか、島ごとなのかすら分からん。そんなのを海底を歩いて探し回りたいか？」

バーラットの皮肉にも聞こえる問いかけに、ニーアはブンブンと首が取れるんじゃないかと思うほど首を左右に振った。

ヒイロもそんな彼女に同意する気持ちだったが、咄嗟に何かを思い出すと再び海へと視線を向ける。

「サーチアイ。魔物を指定……ノォォォォウッ！」

いい考えだと探索《たんさく》魔法を発動させるヒイロだったが、島や海から無数の光が溢れ出し、その数の多さに思わず頭を抱えながら呻いた。

「……駄目ですね。ちょっと対策を考えなければいけないようです」

「そうだな。とりあえず長期戦を見越《みこ》して宿を取っておくか」

バーラットの提案に全員が頷き、揃って海に背を向けたところで――

「ヒイロさんですね」

背後から声がかかった。

驚きながら全員が咄嗟に振り返ると、そこにいたのは断崖絶壁スレスレに立つ、十歳前後の少年だった。

蒼《あお》い髪と瞳に、同じく青を基調《きちょう》とした、中国の道士を思わせるゆったりとした服を着た少年。その見た目と突然現れたという現象と相まって、彼はヒイロ達に神秘的な印象を与えた。

唐突《とうとつ》な登場に、バーラットはマジックバッグに手を突っ込んで銀槍の柄を掴み、レミーも身構えながら腰の短刀に手をやる。しかし、ヒイロとネイ、ニーアは相手が敵意を見せていなかったせいもあって、振り返った姿勢のまま驚き固まっていた。

「……えっと……どちら様？　それに、どうやってそこに現れたの？」

一瞬の沈黙の後、ネイの口から出た至極《しごく》真っ当な疑問に、少年はニッコリと微笑む。

「僕の名前はポセウス。ここには海から跳んできました」

背後の断崖絶壁の下を指差しながら、あり得ない移動手段を無邪気《むじゃき》に答えるポセウス。

勿論、そんなことができる人間など存在するわけがない。ましてや海が足場となれば、ヒイロにすら不可能だ。

そんな芸当をやったと平然と答えるポセウスに、バーラットとレミーは更に警戒心を強め、さすがにネイとニーアも気を引き締めだした。

そんな中、ヒイロだけは未だにポセウスに対して敵対意識を見せずにいた。

元の世界で弱者であったヒイロは、初対面でそういった態度や表情を出せば相手に余計な心情を与えると知っていた。ひいては要らぬ敵を作ることにも繋がると分かっているのだ。

この世界ではあまりに無警戒と思われてしまうだろうが、ヒイロのこの処世術《しょせいじゅつ》は骨《ほね》の髄《ずい》まで染み込んでいた。

そんなヒイロだからこそ、相手が微笑んだのに合わせて、ニッコリと笑みを浮かべる。

「なるほど、そうでしたか。それで、私に何か御用ですか？」

ヒイロが平然と返すと、ポセウスは驚いたように目を丸くした。

「得体の知れない僕に対してそう返しますか……ふむ、ふむ。これは器が大きいと捉えればいいのか、ただ能天気《のうてんき》なだけなのか……」

「後者だね」

ニーアの即答に、思わずバーラット、レミー、ネイの三人が頷いてしまい、ポセウスはキョトンとした後で盛大に笑い始めた。

「アッハハハハハハ。そうですか、ヒイロさんは能天気なのですか」

「……決め付けないでほしいです」

愉快そうなポセウスに対して、ヒイロは不機嫌に訂正《ていせい》を求める。すると彼は笑いを必死に堪えながらヒイロを見た。

「フフフ……いや、これは申し訳ありませんでした。それで、僕の用件の話でしたね……僕はシェロンに頼まれて、君達を迎えに来たんですよ」

「シェロン？」

聞いたことのない名にヒイロが聞き返すと、ポセウスは頷く。

「シェロンとは、貴方がたが神龍帝と呼ぶ者の名です」

「神龍帝⁉　ということは、独眼龍さんですか？　神龍帝さんに頼まれたって……」

驚くヒイロにポセウスはニッコリと微笑む。

「シェロンは貴方がたと会いたがっています。お会いになりますか？」

願ってもないポセウスの申し出に、ヒイロは反射的に大きく頷く。ポセウスはその反応を見て満足そうに一度頷き返すと、半身になって背後に広がる広大な海を手の平で指し示した。

「では、行きましょうか」

「えっ、どうやって？」

移動手段が分からず聞き返すヒイロを尻目に、ポセウスは断崖絶壁から飛び降りる。ヒイロが驚きながら駆け寄ろうとしたところで、そんな彼の肩をバーラットが掴んで止めた。

「おい、ちょっと待て！　あんな得体の知れん奴に本当についていくのか？」

「……少なくとも敵意はありませんでしたよ」

少し考える素振りを見せた後のヒイロの返事に、バーラットは深く息を吐きながら頭を左右に振る。

「お前なぁ、罠《わな》を仕掛けるような敵が、敵意を剥き出しにして近付いてくると思うか？」

「怪しまれたくないのなら、あんな突拍子《とっぴょうし》のない現れ方なんてしないと思うのですが？」

ヒイロから即座に反論されて、バーラットは確かにと納得しかけ、慌てて頭を振った。

「いやいやいや、確かにそうかもしれんが……」

「私達を罠に嵌《は》めたいのなら、姿を現さずともいくらでも手はあるでしょう。素直に現れたということは、少なくとも言っていた理由は事実だと思いますよ。今の時点で独眼龍さんに会う手段が分からない以上、乗ってみるのもいいんじゃないですか」

「そうだね。もし海に落ちても、ぼくのウォーターウォーカーがあるから大丈夫だよ」

ヒイロの言葉にニーアがお気楽に乗っかり、二人は揃ってポセウスを追って断崖から飛び降りた。

ヒイロが落ちていった崖《がけ》の縁を見ながら、バーラットは疲れ切ったように嘆息する。

「まったく……疑ってかかるってことを知らんのかアイツは」

「ヒイロさんにそれを求めるのは酷ってものよ。その分、私達が注意すれば、それでいいんじゃないかな」

「やれやれ、好き勝手やるのはソロの頃の俺の専売特許《せんばいとっきょ》だったんだがな」

苦笑するネイにバーラットが投げやりに返すと、そんな二人の背中を押すようにレミーの手が添《そ》えられる。

「二人とも、とりあえずヒイロさんを追いましょう」

「しゃあねぇな」

「そうね」

ネイの提案に同意し、三人はヒイロを追って躍り出すように崖から飛び降りた。

ポヨン――そんな形容詞が似合う弾力を感じながら、バーラット達は海の上に着地した。

「……ほへ？」

海水に飛び込むつもりで落ちてきたレミーが惚《ほう》けた声を上げる。ネイやバーラットも、かなりの高さから落ちてきた衝撃を見事に吸収してしまった足元を驚きの表情で見た。

足元は確かに海。しかし、本来なら沈むはずの海水は、柔らかな弾力とともに彼らの身体を受け入れることを拒んでいた。

「ははっ、やっぱりそういうリアクションをしますよね」

唖然としているバーラット達に、ヒイロが楽しそうに話しかける。その隣でホバリングしているニーアにいたっては、まるで自分のイタズラが成功したかのようにニヤニヤと嬉しそうだ。

「僕の能力ですから、気にしないでください」

そんな一行に、ヒイロの背後からポセウスが説明し、「こちらです」と海の上を歩き始める。

彼に倣いヒイロが歩き出すと、腑《ふ》に落ちない表情をしながらバーラット達も続いた。

「能力って言い方をしたってことは、魔法じゃなくてスキルってことよね、これって」

足の裏で海面を数度叩き、弾力を確かめながら小声でネイが呟く。

「それはどうでしょうか？　海をこんなにしてしまえる魔法なんて、勿論聞いたことありませんけど、だからといって、そんなスキルの存在も私は知りませんよ」

ネイの疑問に対しレミーが懐疑的《かいぎてき》な返答をすると、バーラットがポセウスの背中を見つめながら口を開いた。

「そこなんだよ、俺が引っかかっているのは。スキルは多種多様《たしゅたよう》にあり、全てを知る者などそういない。だから、自分が触っている水をこんなにしちまえるスキルがないとは一概《いちがい》には言えねぇし、魔法に関しても、ヒイロみてぇなのがいる限り、否定しきれるもんじゃねえ」

バーラットの言い分に、ネイとレミーは「できちゃいました」などとのたまいながら海の上を歩ける魔法を生み出すヒイロを想像して、苦笑いを浮かべて頷く。

「だが、ポセウス《アイツ》はこの力を能力と言った。魔法とかスキルと言っちまえば、とりあえずは俺達が納得するにもかかわらずだ」

「嘘《うそ》はつけない方……ということですか？」

彼の言動が腑に落ちなかった理由に気付いたレミーに、バーラットは頷いて続ける。

「嘘を見抜くスキルってのがあるから、俺達がそれを持っていることを懸念したか、それとも制約的に嘘がつけない存在なのか……」

「はぁ？　嘘がつけない存在って、この世界にはそんな種族がいるの？」

バーラットの推測にネイが驚き半分、疑い半分の視線を向けると、その隣でカギ型に曲げた人差し指を唇に当てて考え込んでいたレミーが呟く。

「…………神族ですか」

「ああ、神の眷属《けんぞく》にして、神によって偽《いつわ》ることを禁じられている、自分が管轄するものを自在に扱う【神技《しんぎ》】という力を使える種族。吟遊詩人《ぎんゆうしじん》の神話物語にしか出てこない、実在するかすらも分からない奴らだがな」

「えっ！　そんなとんでもない奴なの？　あいつ……」

ネイは目を見開きながら前を歩く少年の背中を見る。そんな彼女に、バーラットは自分で言っておきながら否定するように首を振った。

「もしかするとって話だがな。どちらにしても、こんな得体の知れない力を持っているんだ。警戒すべきは独眼龍だけじゃないと、心に留めておく必要はあるってこった」

バーラットの言葉にネイとレミーが心して頷いていると、そんな話など耳に届かず前を歩くヒイロは、必死に話題を探してポセウスに話しかけていた。

「そういえば、ホクトーリクの先代の王様が独眼龍さんに会ったらしいですが、その時もポセウスさんが案内したんですか？」

ヒイロの何気ない話題に、ポセウスは歩きながら振り返って横目にヒイロを見ると、苦笑を漏らして頷き再び前を見る。

「ええ、彼は海岸で三日三晩、大声でシエロンを呼び続けるという暴挙《ぼうきょ》をやってのけましてね。たまらずシエロンが僕に『あいつをなんとかしてくれ』と頼んできたんですよ」

「三日三晩、休まずにですか？」

「休まずにです」

断言するポセウスに、ヒイロとニーアは唖然とした。

「そりゃあ、無茶なことをするね。まぁ、バーラットのお爺《じい》ちゃんって話だから……」

ニーアはそう言いながら、ヒイロの肩から背後のバーラットを盗み見る。

「……納得できるって言えば納得できるかな」

前に向き直って、ニーアはニヤニヤと笑う。そんな彼女に同意するかのごとく微笑みながら、ヒイロはふと浮かんだ疑問を口にした。

「先代の王様も案内したということは、その頃、ポセウスさんは何歳ぐらいだったんですか？」

「アッハハ、僕は人間と同じように年をとるわけじゃありませんからね。当時も僕は今と同じ姿でしたよ……しかし、彼を先代と呼ぶということは……」

声のトーンを落とし確認を取ってくるポセウスに、ヒイロも同調して悲しげな表情を浮かべる。

「……お亡くなりになってます」

「……そうですか。彼を案内したのは、ついこの間のような感覚だったのですが……シェロン相手にも物怖《ものお》じしない、豪快な方だったんですけどね。天に召《め》されていましたか」

しんみりと俯くポセウスにヒイロがどう声をかけたものかと迷《まよ》っていると、彼は吹っ切ったのかクルリと振り返り笑顔を見せた。

「さて、着きましたよ」

まるで先ほどまでの湿《しめ》っぽさなどなかったかのように、陽気《ようき》に背後の小島を指し示すポセウス。

「ほう、この島が独眼龍さんの棲処《すみか》ですか」

直径は一キロほど。海の側特有の針葉樹《しんようじゅ》が豊富に群生《ぐんせい》している、周りは波に削られ船も着けられない絶壁になっている小島をヒイロが見上げると、ポセウスはにこやかに頷く。

「ええ、そうです。もっとも、この小島に上陸しても彼の所には行けませんけどね」

「えっ？　ではどうやって……」

ヒイロの疑問が言い終わらないうちに、一行の身体がゆっくりと海へと沈み始めた。

「おおっ！」

ヒイロの驚く声が響く中、もう腰まで海に沈んだ状態でバーラットがマジックバッグから銀槍を引っ張り出す。

「ここで俺らを海に沈める気か！　とうとう本性《ほんしょう》を現したな！」

バーラットが銀槍の切っ先をポセウスに向けると、レミーも腰から短刀を抜き放ち、ネイは魔剣に海の水を取り込ませ刃を生み出した。

ヒイロの肩から飛び立ったニーアは、皆の頭上でウォーターウォーカーの詠唱に入っている。

殺気立つバーラット達を、ポセウスは笑顔を崩さずに「まあ、まあ」と落ち着かせる。

「シェロンの所には、海の中にある洞窟《どうくつ》からしか入れないんですよ」

「なにぃ？」

「このまま沈んでも息はできますからご心配なく」

訝しむバーラットにポセウスがそう断りを入れる頃には、皆の身体は肩まで沈んでいた。

未だにポセウスから敵意を感じないヒイロは飛んでいるニーアに視線を向け、『問題ないですよ』と言わんばかりに微笑む。

すると彼女は、ムスッと口をへの字に曲げながらも彼の頭の上に降り立ち、面白くなさそうに胡座《あぐら》をかいた。

「ヒイロさんには分かってもらえたようですね。よかったです」

少なくともヒイロには信じてもらえたと、ポセウスが安堵の表情を浮かべると、皆は静かに海へと沈んでいった。

果たして海の中で、ヒイロ達は確かに息ができた。

それどころか、海の上で足場を作っていた弾力ある水が大きな球体となって全員を包んでおり、海水で濡れることもない。

美しいエメラルドグリーンに染まった世界で、ヒイロ達が周囲を泳ぐ小魚達に目を奪われているうちに、周りは淡《あわ》い青、青色、藍色《あいいろ》と徐々にその色が濃《こ》くなっていく。

そして陽《ひ》の光がほとんど届かなくなった頃に海底へと到着し、小島の側壁《そくへき》にポッカリと大穴が現れた。

「ここがシェロンの棲処の玄関です」

「ははっ、これはニーアの案を取り入れないと絶対に見つけられませんでしたね」

「全くだ。一番ないと思った提案が、最も近道だったとはな」

苦笑いを浮かべるヒイロに、バーラットがやれやれと同意する。

ヒイロの頭の上では、当のニーアが「だから言ったじゃないか」と胸を張っていた。

これからエンペラー種に会うというのに物怖じする様子を見せない一行に、ポセウスはかつてここに案内した前王の姿を重《かさ》ねて懐かしむように口元を緩める。

「いつの世も、豪胆な人はいるものですね」

「豪胆？　能天気の間違いじゃないの？　少なくても私と彼女は緊張してるわよ」

ポセウスの呟きの真意を汲み取って、彼に近付きながらネイがレミーを指差すと、彼女は凄まじい勢いでコクコクと頷いて同意した。

「ははっ、そんな態度を取れるだけ、貴方がたも豪胆ですよ。普通は顔を蒼白《そうはく》にして小刻《こきざ》みに震えていますから」

「ふーん……たまに人を案内しているみたいな口ぶりね」

「シェロンの気が向いたら、ですけどね」

楽しげに小さく肩を竦めながら、ポセウスは大穴へと視線を向ける。

「シェロンを倒して名声を得たい者、口八丁手八丁《くちはっちょうてはっちょう》で騙《だま》してシェロンの素材を手に入れようと目論《もくろ》む者、真摯に話し合いシェロンの信頼を得ようと思う者……様々な思惑の方を案内していますが、皆さん、ここまで来るとシェロンの気配を感じ取って自分の甘さを後悔することになるのです」

言いながらポセウスはネイを振り返る。

確かに大穴からは、言い知れぬ強大な気配が漂っていた。それは、ネイ一人では到底太刀《たち》打《う》ちできないことを思い知らされるほどに濃密で絶望的な気配だ。

しかし、そんな気配に晒されても、ネイが絶望することはなかった。

前王が話し合いに成功したという前例と、ヒイロという存在が安心感を与えてくれているのだ。

それはレミーも同じだったようで、互いに目配《めくば》せして二人は小さく笑い合う。

「確かにとんでもない気配が漂ってるわね。これって、わざと威圧してるの？」

「いえ、気配を隠さずにダダ漏れさせているだけです」

「ダダ漏れ⁉　ただいるだけでこんな気配を放ってるの？」

今感じている気配が臨戦態勢《りんせんたいせい》ではなく通常時のものだと聞いて、ネイとレミーは目を丸くした。

王都でのヒイロの戦い振りから、威圧してこのくらいの気配ならばヒイロにも分があると踏んでいたネイ。しかし、それが常時発しているものだと知らされると、さすがに焦ってヒイロへと勢いよく振り向く。

焦るネイの視線の先で彼女の心配を知ってか知らずか、ヒイロは静かに微笑み返した。

「独眼龍さんが強大な存在であることは、初めから知っていたことです。戦うわけではないのですから、気負わずに行きましょう」

ヒイロの言葉にポセウスは微笑みつつ頷き、一行は大穴へと入っていった。

第17話　独眼龍との対面

大穴は、入るとすぐに斜め上へと続いていた。

弾力ある水に包まれながら、ポセウスの発生させた水流に乗ってエスカレーターみたいに自動的に上っていった一行は、やがて巨大な空洞《くうどう》へと出る。

周囲の壁が仄《ほの》かに光ってはいるものの、光量が足りず薄暗い空間。海水はそんな空洞の隅っこで水たまりのように止まっており、一行はその水たまりの上に立つ形でこの場所に辿り着いていた。

「着きましたよ」

言いながらポセウスがゴツゴツとした空洞の地面へ踏み出すと、ヒイロ達も探り探りゆっくりと続く。

ここまで来ると、さすがのヒイロ達も無言になった。

この空洞を満たす濃密な気配が、息をする度に空気とともに肺に入ってくるようで、全員が息苦しさを感じていた。

「空気はあるみたいだが……」

「息苦しいのは空気が薄いから、というわけではなさそうですね」

辺りを見渡し、警戒するバーラットの言葉に続けるようにヒイロが確認すると、ポセウスは小さく頷く。

「ここからいくつもの穴が外部と繋がっていますから、空気が薄くなるということはありません」

「ということは、この息苦しさは独眼龍さんの気配に私達が気圧《けお》されている、ってことですね」

ヒイロの肩の上で小刻みに震えながら、無言で彼の顔に抱きついているニーア。彼女を庇うように優しく手の平で覆いつつ、ヒイロはポセウスを見据える。

ポセウスが申し訳なさそうに頷いたのを確認して、ヒイロは真顔で訴える。

「申し訳ありませんが、独眼龍さんに早めにご登場願えるように言ってもらえませんか？

「友人が怯えています」

この場で言葉を口にする余裕があるのは、ヒイロとバーラットだけだった。

ニーアはヒイロに抱きついたまま目を瞑っていて、ネイとレミーは互いに抱き合いながら周囲を忙しなく見渡している。

バーラットも表面上は平静を保っていたが、その額には一筋《ひとすじ》の冷や汗が流れていた。

本当は武器を手にしたい気持ちだったが、それをしないのは、単に武器を手にしても敵わないと判断して開き直った結果でしかない。

そんな一行の気持ちを汲み取ったヒイロの進言に、ポセウスはニッコリと今までと同じような微笑みを浮かべて自身の後方を指差す。

「シェロンなら、既にいますよ」

「はい？」

ポセウスが指差す先にあるのは、見上げるほどの大きな岩。

ヒイロ達がそう思っていた物が、ポセウスの言葉に応えるようにゆっくりと動き出した。

岩の上部が鎌首《かまくび》を持ち上げるように少しずつ伸びていく。いや、それは実際に鎌首を持ち上げていた。

「ま……まさか……」

薄暗い空間で、大岩と勘違いしていた物が動き出したことでやっとその存在に気付いたヒイロが、呻くように呟く。

――とぐろを巻いた白い龍。それが大岩だと思っていた物の正体だった。

「ひゃっ！」

ヒイロの呻きに反応してチラッと白い龍を見たニーアが、短い悲鳴を上げて再びヒイロの頭にしがみ付く。

妖魔の自称貴族にすら立ち向かった彼女だが、その龍は上級妖魔などとは存在が違った。

妖精族のニーアにとって、エンペラー・エンシェントドラゴンはそれほど絶望的な存在に映っていたのである。

「これは……無理だわ」

ネイはなす術なく独眼龍を見上げ、より一層レミーと強く抱き合う。ヒイロが一緒なら、この存在とも対等に渡り合えるんじゃないかと考えていた自分の甘さを、彼女は後悔していた。

独眼龍は持ち上げていた鎌首をゆっくりと下げて、右目を瞑った顔をヒイロへと近付けた。

その右目は、縦に三本の爪痕《つめあと》らしき傷が走っており、潰れてしまっていた。

「よく来たな。魔龍《まりゅう》の力を受け継いだ者よ」

「魔龍？　何のことだか分かりませんが、それよりもまずはこの気配をなんとかしてもらえませんでしょうか。一応は呼び出しに応じた形ですし、威圧面会を受ける道理はこちらにはないと思うのですが？」

「威圧面会……なるほど、言い得て妙だな」

ヒイロの臆さぬ言いように、独眼龍はニヤリと口元を緩める。

そして身体を光らせると、徐々にその体積を縮めていき、最後には人型に落ち着いていた。

白い着物を着た、白頭白眉《はくとうはくび》、白い立派な髭《ひげ》を蓄《たくわ》えた中肉中背《ちゅうにくちゅうぜい》。やはり右目には傷が走っているが、どこにでもいるような老人、それが独眼龍の人型の姿だった。

濃密で絶望的と思えた気配も、独眼龍の身体のサイズに見合うくらいまでしぼんでいき、一行はここに来てやっと緊張から解放された。

「ご配慮《はいりょ》、ありがとうございます」

仲間からの安堵の息を背中に感じて、ヒイロは独眼龍に頭を下げる。すると、老人は「ふぉ、ふぉ、ふぉ」と小さく笑いながら、手の平に光り輝く光の玉を生み出し上へと放る。

光の玉で明るくなった空洞内で、独眼龍は気を取り直して話し始めた。

「人は窮地《きゅうち》に立たされると、建前《たてまえ》をかなぐり捨てて本性を露わにするものでな。試しとはいえ、呼んでおいて息苦しい思いをさせて申し訳なかった」

「試しぃ？　あんな致死量《ちしりょう》レベルの気配をぶつけといて、それはないんじゃないかな」

恐怖から解放されて元気になったニーアが、ヒイロの肩の上から独眼龍に食ってかかる。

控えめではあるが、ネイとレミーの二人も背後で同意するようにコクコクと頷いていた。

「こら、ニーア。独眼龍さんにも事情があるんですから、そんなに責めるものではありません」

「え～、でも、ヒイロ。ホントにぼく怖かったんだよ！」

髪を両手で掴んで揺さぶり、自分の憤りを表現するニーアを、「痛い、ハゲてしまいますからやめてください」と自分の頭皮を心配しながら宥めるヒイロ。

そんなヒイロ達の姿を見て、独眼龍は再び「ふぉ、ふぉ、ふぉ」と笑った。

ネイがその笑い声を聞いて『あんたはどこぞの蝉忍者《せみにんじゃ》宇宙人か！』と心の中で突っ込むが、さすがに声に出して言えるほどの度胸《どきょう》はなかったようだ。

「儂《わし》の気配に晒されて間もないというのにその態度。臆さなかったヒイロは勿論、仲間も中々に胆力《たんりょく》があると見える」

「ふるいにかけられていた……というわけか」

渋面を作りながらバーラットが独眼龍の真意を汲み取ると、老人は「うむ」と頷く。

「大概の人間は洞穴の入り口で『帰してくれ』とポセウスに懇願し、気配に鈍感《どんかん》で稀《まれ》にここまで来る者も、我の前では恐慌《きょうこう》状態に陥る」

「……そうなると分かっていて、何故、人をここに呼ぶんですか？」

食料調達という最悪の理由が頭を過《よぎ》ったネイが恐る恐る尋ねると、独眼龍は再び笑い出す。

「ふぉ、ふぉ、ふぉ。嬢ちゃんの思っているような理由ではない。何せ人など食っても美味しくないからな──かつての我は、人に全く興味がなかった。ちょっと騒がしくて邪魔だと思ったら、駆除《くじょ》してしまおうと思う程度にしかな」

柔和《にゅうわ》だった笑みを一瞬、冷酷《れいこく》なものに変えた独眼龍は、ヒイロ達が顔を青ざめさせてゴクリと喉を鳴らすのを見て、すぐに元の微笑みへと変える。

「──しかし、ホクトーリクの王と会い、面白い人間もいると分かって以降は興味が湧いた。新たな出会いを求めてたまに会うようにしてみたのだが、やはり、ホクトーリクの王のような人間は稀有《けう》な存在だったみたいだな。我との会話を成立させたのは、あやつの後はお主らだけだ」

「……そりゃあ、無理だよ。お爺ちゃん、存在自体が怖いもん。あの怖さは、イナワー湖のエンペラーレイクサーペントの比じゃないね」

「ふぉ、ふぉ、ふぉ、あんな若造と一緒にするでない。年季が違うわ、年季が」

ニーアの言葉に、まるで孫《まご》に自慢《じまん》する爺さんのように胸を張る独眼龍。すると、その隣でポセウスがクスクスと笑みを零した。

「今日はご機嫌ですね、シェロン」

「うむ。やはり、若者との会話は楽しいものだな」

「若者……ですか。先ほど、エンペラーレイクサーペントのことも若造と仰っていましたが、独眼龍さんは一体、どれほどの年月をお過ごしなんですか？」

　自分も若者の中に含まれているのだろうと、満更でもないヒイロが独眼龍の歳を聞くと、老人は遠くを見るように目線を上に向けた。

「ふむ……どれほどの年月が経ったのだろうな。なんせ、儂らが生を受けたのは、まだこの世界が混沌の海しかなかった頃だからな」

「混沌の海……もしかして、独眼龍さんはこの世界ができる前からいたのですか？」

　途方もない話に、さすがのヒイロも唖然として返す。すると、独眼龍は「うむ」と頷いた。

「どういう経緯で我らが生まれたかは我自身知らんが、確かにこの世界に陸ができる前から我らは存在していた」

「我ら……？　独眼龍よ、その頃に存在していた者が貴方以外にいた、ということか？」

　独眼龍が複数形を使っていることに疑問を抱いたバーラットに、よくぞ気が付いたというように老人はニッと口角を上げる。

「それが、ヒイロをここに呼んだ理由でもある」

「と、いうと？」

自分の名が出たことでヒイロが興味を抱き、先を促す。

「実は、ヒイロがこの世界に現れてから我はずっとお主を見ておった。何故なら――お主が我が弟、魔龍のスキルを身に宿していたからだ」

「!?」

独眼龍の話に、ヒイロは驚きながらも脳裏に二つのスキルを思い描いていた。つまりは【超越者】と【全魔法創造】である。

果たして、どちらのスキルが独眼龍の言う弟のスキルなのかと生唾を呑むヒイロの前で、老人の話は続く。

「【超越者】……そのスキルの恐ろしさを知っていながら人に与えた神に、お主が現れて間もない頃は憤りを覚えたものだ。しかし、注目していくうちに我はお主自身に興味が湧いてな」

「興味？　確かに【超越者】はレベルが上がれば上がるほど所持者の力を高める恐るべきスキル。独眼龍さんが警戒するのも分かりますが……」

この世界でも最強クラスであろうエンペラー・エンシェントドラゴンが警戒するほどのスキルだったのかと、ヒイロは愕然とした。そしてそれと同時に、【超越者】を自分に与えた神を少しばかり恨めしく思ってしまう。

しかし、そんな彼を否定するように独眼龍は「ふぉ、ふぉ、ふぉ」と笑った。

「警戒か。確かに初めはそうだったが、興味が湧いたのはそういう意味ではない……絶大な精神力を持っておった我が弟、魔龍ですら【超越者】の絶対的な力に負けて、力が全てという考えに囚《とら》われていった」

笑顔を少し寂しげなものに変えつつそこまで言うと、独眼龍はスッと真面目な視線をヒイロに向ける。

「しかし、人の身として生を受け、精神力が弟に劣るお主が、力に溺《おぼ》れるどころか【超越者】の力を恐れている節《ふし》があることに興味が湧いたのだ」

何故そんな精神状態でいられる？ そんな疑問を含んだ独眼龍の言葉に、ヒイロは顎に手を当てながら「んん？」と首をひねった。

「私は基本的に人を傷付けることが嫌いですから……それで【超越者】さんの力が怖かったんです。まぁ、この世界で弱い私が生きていくには、【超越者】さんの力が必要だというジレンマはありますけどね」

ゆっくりと出されたヒイロの答えに、ポセウスは微笑みながら静かに頷き、独眼龍は「ん？」と残っている左目を大きく見開いた。

「人を傷付けることが嫌い？ それはおかしい。神はお前に人を傷付けても罪悪感を抱かない精神を与えているぞ？」

「ややっ！　やっぱりそうでしたか！」

独眼龍の口から出たとんでもない真相に、『ああ、それを言っちゃいます？』とポセウスが天を仰いでいる前で、ヒイロが大袈裟《おおげさ》に驚く。

「おかしいと思っていたんです。人型の魔物を倒しても心が痛まないし、同じ勇者のネイも人相手に積極的《せっきょくてき》に戦う素振りを見せてましたから……人を傷付けることに慣れていない私達への配慮なんでしょうけど、ちょっとお節介《せっかい》がすぎますね」

独眼龍から聞いた衝撃の事実も神の厚意《こうい》と受け取ってしまうヒイロに、独眼龍やポセウスは勿論、神の腹黒い裏の顔を感じ取っていたネイすら、呆れた視線を向ける。

そんな視線の中、少し考えていたヒイロは思い立ったように口を開いた。

「でも、そうですね……言い方が独善的《どくぜんてき》でした。まるで、【超越者】さんを悪者みたいに言ってしまって、申し訳なかったです」

自分を善人に見せようとしていたと、ヒイロは自分を戒《いまし》めて一度頭を下げる。それは別に独眼龍に対してとった行動ではなく、心の中にいる【超越者】に向かっての謝罪であった。

「私は、人を殺《あや》めても平然としていられるであろう、自分自身が怖いんです。人を殺したという業《ごう》を罪とも思わない自分を想像すると、たまらなく恐ろしいんですよ。だからこそ、それを余裕で実行できてしまう力が――【超越者】が怖かったんです」

気恥《きは》ずかしそうに自分の心の弱さを語るヒイロ。しかし、その目には本心を語っていることを示す真摯な光が宿っており、独眼龍は「うむ」と納得したように頷いた。

「その気持ちがある限り、【超越者】の力に溺れることはないか……神もその辺のことはちゃんと考えて【超越者】を与えたらしいな」

「それは、どうでしょう？　あの神様のことですから、適当にくじ引きなんかでスキルを与えた可能性がありますよ」

苦笑いで思わず否定してしまったポセウスに、図星だとヒイロとネイが彼と同じ表情を浮かべる。

そんな二人の様子に今の言葉が本当なのだと悟った独眼龍は、適当すぎる神の所業《しょぎょう》に大きくため息をついた。

「はぁ～……あの神の性格は未だに変わっていないのか。大体、あいつは短絡的《たんらくてき》で適当すぎる。地上の生き物の迷惑は考えずに、自分が楽しければそれでいいと思っている節があるからな――」

神をあいつ呼ばわりしながら、ぐちぐちと文句を言い始める独眼龍。

対してポセウスは、理解しながらも神族という立場上肯定することもできずに、引き攣った曖昧な笑みを浮かべてやり過ごす。

そんな二人に「あの～」とヒイロが手を挙げた。このまま独眼龍の神への愚痴を聞き続けることを回避したいポセウスは、ヒイロに「どうしました？」とすぐさま視線を向ける。

「その、【超越者】の持ち主だった魔龍さんは、今はどうしてるんです？　私に力を受け継がせたと言ったところをみると、今は【超越者】を持っていないのですよね」

「そのことか……」

ヒイロの疑問に、独眼龍はまだ神への愚痴を言い足りなそうな不満顔をしながらも、視線を下げて口を開く。

「魔龍は……死んだ」

「死んだ？」

独眼龍の端的な説明を受け、ヒイロは疑問符を頭いっぱいに浮かべる。

そんな様子の客人に、独眼龍は嘆息しながら向き直った。

「あれは……混沌に溢れていたこの地に、神が空と海を生み出し陸地を作り始めた頃だ。神は、大地に様々な生物を生み出していった」

「創世の話ですか？　世界は違いますが、まさかリアルタイムでその頃を見ていた方の話を聞ける日が来ようとは……」

ヒイロがそう零すと、独眼龍が興味深そうに「ふむ」と唸った。

「ヒイロ達の世界でも、そうして世界が生まれたのか？」

「う～ん、どうなんでしょう？」

断言できずにヒイロが悩んでいると、ネイも一緒になって小首を傾げる。

「国によって言い伝えられてる話は違うし、神すらも多種多様で沢山《たくさん》いるからね……」

ネイに頷き、ヒイロは困ったような顔を独眼龍に向ける。

「大体、私達の世界では、独眼龍さんみたいな生き証人がいませんからね。創世に対して様々な話がありますが、実際はどのように世界ができたのかなんて、証明する術《すべ》はないんですよ」

実際は科学的推測はなされていて、おぼろげながらもヒイロやネイもその辺の知識は持っていた。

しかしそれは、神ありきのこの世界とはかけ離れているため、話しても混乱させるだけだと判断した二人は口にしなかった。

「そうか……では論じても詮無《せんな》きことだな」

これ以上は聞いても仕方がないと独眼龍は締めくくり、逸れていた話を戻す。

「で、だ。この世界では、初めに生まれた生物は人ではない。できたばかりのこの大陸は、環境が過酷すぎて今の動植物が住める場所ではなかったのだ」

「ほう……では、どのような生物が？」

「一国ほどの大きさの亀や、燃え盛る鳥……闇を纏いし竜に大地を割る巨人。いずれも、その力を振るえば災害すらも凌駕《りょうが》する者ばかりだった」

怪獣大戦争。独眼龍が挙げた当時の生き物達の説明を聞いて、そんな単語が頭に浮かんだヒイロは顔を引き攣らせた。

「それはまた……とんでもないラインナップですね」

「うむ。もっとも当時の生き残りの何匹かは、エンペラー種として、今も存在しておる」

「あっ……象徴《しょうちょう》の山、フジのフェニックスに、荒《あら》ぶる火山、アソのアースジャイアント……」

独眼龍の言葉に思い当たる名があったのだろう。レミーが呟くように名を挙げると、バーラットが「ああ……」とうんざりして呻く。

「どちらも人がどうこうできる生きもんじゃねぇな。奴らに比べたら、エンペラーレイクサーペントなんて、可愛いもんだ」

「あれは、まだ千歳を過ぎたくらいの若造だったからな、我らとは年季が違う」

かつて辛酸《しんさん》を嘗《な》めさせられたバーラットと【一撃必殺】がなければ確実に殺されていたヒイロの前で、独眼龍はエンペラーレイクサーペントをこきおろすと、気を取り直して話を続ける。

「過酷な環境に力ある生物。そんな条件が揃うと、待っているのは食料やより住み良い場所を巡っての争いだ。我ら兄弟も闘争を数千年も繰り返し、気付けばレベルは万に届こうとしていた」

「レベルが一万⁉　では……」

ヒイロが顔を引き攣らせながら確認を取ると、独眼龍は重々しく頷いた。

「うむ。元々、人間よりも遥かに能力値の高い我らだが、魔龍はレベルを百倍した数値をステータスに上乗《うわの》せするという【超越者】によって、更に百万という途方もない数値を加算していた……その頃からだ。元々、男気溢《おとこぎあふ》れる性格だった魔龍が力を追求しだし、他者を見下すようになり始めたのは」

さらりと明かされたヒイロの持つスキルの能力に、ネイ以外の面々は固まってしまう。

ニーアだけは、今さらヒイロがどんなとんでもないスキルを持っていても驚かないよと言わんばかりに、すぐに平静さを取り戻した。

「力に溺れ始めたんだね」

呆れたようなニーアに、独眼龍は無言で渋面を作ることで返す。

「それから、環境は穏やかになっていき、地上に現れる生物も段々と小型化、弱体化していった。その頃になると、以前より生きていた我ら、先生組は自分の縄張《なわば》りを決め、生きる糧《かて》を得る以外の殺生《せっしょう》は行わないようにしていた。小さき者は、我らほど好戦的ではなかったからな。しかし――」

そこで独眼龍は一度言葉を止め、はぁ……と深いため息をつく。

その深いため息に込められた魔龍の取った行動を思い描いて、ヒイロも小さくため息をついた。

「魔龍さんは……戦うことをやめなかったんですね」

「戦い？　……違う。いくら数の面で相手が優っていようが、そんなものは何の役にも立たないほどに力の差がある弱者が相手なのだ、あれは、ただの蹂躙《じゅうりん》よ。あいつは……魔龍はただ目につくものを殺していったのだ。戦うことに取り憑かれ、それが正しいとでもいうように嬉しそうに、な」

「っ！」

独眼龍の語る当時の魔龍の行動に既視感《きしかん》を覚えたネイとレミーが息を呑む。

その様子に気付いた独眼龍が二人を見た。

第18話　【超越者】達の正体《しょうたい》

「何か思い当たったようだな」

独眼龍の問いかけに、少し間を置いて二人は静かに頷く。

「儂もここから見ていてそう思っていた――そう、この間ヒイロが取った行動が、あまりにもかつての魔龍に似ておったのだ。だから我はヒイロもまた【超越者】の力に溺れたと思ってしまった」

「……魔龍さんと同じ行動？　……あっ」

ピンと来ていなかったヒイロは、セントールで精神世界から見ていた【超越者】の戦い方を思い出し、やっと合点《がてん》が行く。

「【超越者】さんに身体の主導権を渡していた時の行動ですね。しかしあれは、魔族の方をわざと追い詰めて、私にかけられていた精神封印を解かせるためであって、決していたぶることを楽しんでいたわけでは……」

「……お前のスキルには自我があるのか？」

「嘘でしょ？」

理由があったのだと【超越者】の行動を弁解するヒイロだったが、スキルに自我があるというあり得ない内容に、独眼龍とポセウスは目を丸くする。

全面否定されたヒイロは、信じられないのも当然と二人の心情を察する反面、事実は事実と更に念押しした。

「いえいえ、それが本当なんですよ」

「……あり得ん」

「ですよね……あっ、でも……」

何かに思い当たったポセウスが、空を見上げて考える素振りを見せた後でヒイロに視線を戻す。

「ヒイロさんの基本能力値って今、どうなっています?」

突然の質問に、ヒイロが自分のステータスを出して数値に目を向けた。

「えっと……全部、100ちょいですね。あっ、敏捷度は95でした」

「なにっ!」

ヒイロを見ていたといっても、無声映画のように音のない映像だけで捉えていた独眼龍は、ヒイロの能力値までは把握していなかった。

それでも、ヒイロの人の域を超えた力を見てきた彼にとって、まさかそこまで基礎能力値が低いとは思っていなかったため驚きの声を上げる。

反面、ポセウスは予想の範疇《はんちゅう》だったのか、冷静に次の質問をヒイロに投げかけた。

「それで、レベルはどうなっているんです?」

「レベルは、1223です」

「やっぱり……」

レベルに対してあまりにも低いステータスの基礎能力値。

その事実に、自分の推測が間違っていなかったことを確信したポセウスが納得して頷くと、驚きにアングリと口を開けていた独眼龍がそんな彼を見る。

「どういうことだ?」

「ヒイロさんは……無能者なんですよ」

「……ああ、そういうことか」

ポセウスの出した答えに納得し、独眼龍は哀れみにも似た眼差《まなざ》しをヒイロに向けた。

「となると、サーペントを倒した力は……」

「【一撃必殺】というスキルを使いました」

ヒイロの返答に合点がいって、独眼龍とポセウスは同時に頷いた。

「【一撃必殺】は、相手を確実に殺すという恐ろしいスキルではありますが、放《はな》てば終わりという性質上、使用者の能力とは関係なしに威力を発揮します。一方で【超越者】と【全魔法創造】は、永続的に取得者と付き合っていかねばなりませんから……」

「ふむ……無能者であれば、本来は上位スキルの使用は勿論、取得すら不可能。そんな者に神の力で無理矢理くっ付けられたのだから、スキルに意思があるとすれば、さぞかし焦っただろうな」

「ええ。ですからヒイロさんと同化できずに、人格を生み出してスキルの使用をフォローするという、あり得ない在《あ》り方を選択したのだと推測できます」

「あの～」

勝手に納得しながら話を進める二人に、話についていけないヒイロが手を挙げる。

「なんです？　ヒイロさん」

「色々と分からないことがあるんですが、無能者とはどういうことです？　それと、【超越者】さんと【全魔法創造】さんには、元々、自我はなかったんですか？」

「ああ、自分では分からないですよね。無能者というのは言葉の響き通り、どんなに努力しても見合った能力を得られない人のことを言います」

「……ああ、やっぱり」

元の世界で、どんなに努力してもうだつの上がらなかった自分を思い出し、ヒイロはブルーになりながらその場に崩れ落ちる。

「剣術を例にすると、無能者は一生修練しても、剣術レベル一桁《ひとけた》が関の山です。ましてや【超越者】や【全魔法創造】を使いこなすなんて、とてもとても。だからこの二つは、自我を生み出してヒイロさんがスキルを使う手助けをするようになったんだと思います」

「あれ？　でも私は【格闘術】がレベル90に達してますけど？」

自分が無能者なんて勘違いではないかと、一縷《いちる》の望みをかけて見上げるヒイロに、哀れみの眼差しのまま独眼龍が首を振った。

「【格闘術】は身体系スキル、【超越者】の管轄だ。【超越者】の監修《かんしゅう》のもとで育てられたと考えられる」

「あう……では、【気配察知】や【魔力感知】も……」

「【超越者】の管轄だな。自分の管理の他にも、与えたスキルの監修までしていたとは……

我が弟の粗暴《そぼう》な性格では、大変なストレスだっただろうな」

「では、やっぱり」

我が弟という言葉が出たことで想像が付いたポセウスに、独眼龍は仰々《ぎょうぎょう》しく頷く。

「間違いないだろう。【超越者】と【全魔法創造】は元の取得者の性格を基《もと》にして自我を作り出している」

「元の持ち主？【超越者】さんは魔龍さんでしたよね。では、【全魔法創造】さんは？」

「それを説明するには、過去の話に戻した方が早いな」

独眼龍は遠い目を上に向けながら、先ほどの話の続きを語り始める。

「魔龍の蹂躙は、時が経っても止まることはなかった。このままでは、この世界は生き物のいない死の世界となってしまう。そう危惧した我々先生組は、とうとう魔龍討伐を決意した」

「いつ頃の話なんです？」

「一万年ほど前になるか。丁度、エルフやドワーフ、魔族などの長命の小さき生き物が生まれ始めた頃だな」

話の腰を折ったヒイロに丁寧に答えて、独眼龍は話を続ける。

「当時残っていた儂ら先生組の生き残りは、既に三十を切っていた。しかし、相手は魔龍一匹。いくらなんでも勝てるだろうと踏んでいたんだが……」

「勝てなかった、か。先生組の能力値がどれほどのものか知らんが、万に届かんとするレベルの恩恵《おんけい》を受けた【超越者】とやらを持つ者が相手では、容易《ようい》に想像がつくな」

ゾンビプラントの支配の下、力の箍《たが》が外れた魔族十五人相手に押し勝ったヒイロを見ているバーラットは、その時のことを思い出して顔をしかめる。

「うむ……我らも手傷を負わせ善戦はしたものの、魔龍を前に一人、また一人と倒れていった。儂の右目の傷もその時に負ったものだ」

言いながら、独眼龍は爪で裂かれたのであろう、三本の縦傷で塞がれた右目を指差す。

「十日戦い続け、残ったのは先ほども挙げられたアースジャイアント、フェニックス、それに我だけとなった。魔龍も全身に傷を負い息が上がっておったが、それ以上に我らは疲《ひ》弊《へい》していた。このまま戦い続けても結果は見えている。しかし我らは、相打《あいう》ち覚悟で最後の特攻を仕掛けようと決めていた。その時――」

固唾を呑んで話を聞き入っていたヒイロ達の前で、独眼龍は天を見上げた。

洞窟内である。勿論、独眼龍の眼に映るのは暗い岩の天井なのだが、それでも何かを見たように彼は潰れていない左目を見開く。

「暗雲《あんうん》立ち込める空から、一筋の光が舞い降りてきた」

「天の助け……」

無意識に紡いだヒイロの言葉に、独眼龍は視線を下ろして静かに頷く。

「その通り。文字通り、天の助けだった。後で分かったことだが、それは、魔龍をなんとかしようと神が準備していた者だったのだ」

「魔龍の存在には、神も辟易《へきえき》していましたからね。でも、完成し始めた地上に自分が降り立つことはできない。だから神は緊急処置として、あらゆる恩恵を与えた彼女を生み出したのです」

ポセウスの説明に頷きながら、独眼龍はその者を表す言葉を発する。

「——天使。白い一対の翼を持った彼女は、決死の覚悟を決めた我らに微笑んで、すぐに魔龍と対峙した」

「魔龍を相手にするには、まだ力不足だったらしいんですが、魔龍がシェロン達との戦いで疲弊しているその時なら勝てると踏んで、投入したらしいんです」

「あの創造神が考えそうなことだわ。どうせ、切羽詰まっていても、勝率百パーセントの戦いじゃ観《み》ていて面白くないって思ったんでしょ」

「ははは……ネイさんは神の性格をよく分かってらっしゃる」

乾いた笑みを貼り付けるポセウスの横で、独眼龍は神に対する心情がネイと同じであることを表すように嘆息する。

「我らにとっては、今後の進退に直結する大事な戦いだったんだが、神にとっては、娯楽《ごらく》の一種と変わらんかったらしい」

「えっ！　神様って、そんな性格だったんですか？」

神の一面を知って驚くヒイロを、ネイがジト目で見る。

「気付いてよ、そのくらいは！　多分、私達もその娯楽に巻き込まれてるんだから」

「……娯楽で勇者召喚ですか」

察したヒイロが唖然としていると、レミーが曖昧な笑みを浮かべた。

「ヒイロさんって、相手の良いところだけ見て悪いところはなるべく見ないようにしてる節がありますよね。だから、初見《しょけん》から友好的な態度で対応するんでしょうけど」

「騙されやすいってわけか。あー、だからぼくにも騙されたんだ」

さすがに悪いことをしたなぁと思い出しながらポリポリと頬を掻くニーアに、一同が視線を向ける。

「なんだぁ？　ヒイロお前、ニーアにも騙されたのか？」

「ゴブリンと戦わされた時の話ですよね。いやいや、あれはさすがに気付いていましたよ。その上で乗っていたんです」

馬鹿にするような口調のバーラットにヒイロは慌てて訂正し、逸れた話を戻すべく、独眼龍へと視線を戻した。

「すいません、騒がしくて。それで、戦いはどうなったんです？」

「ふぉ、ふぉ、ふぉ。いやいや、こういう騒がしさは嫌いじゃない、楽しく見させてもらってる。で、話の続きだったな」

ヒイロ達を微笑ましく見ていた独眼龍は、顔を引き締めて続きを話し始める。

「天使は魔法に特化した能力を持っていた」

「【超越者】は身体系最強のスキルですからね。同じ身体系のスキルでは、生きてきた年数分、どうしても遅れを取ってしまうと神様は判断したようです」

ポセウスの補足に、独眼龍は頷く。

「うむ、そんな能力を有した天使の主要スキルは——あらゆる魔法を作るスキル、【全魔法創造】だった」

「なっ！」

驚くヒイロに、独眼龍がニヤリと笑みを浮かべた。

「身体系最強の【超越者】に対抗するために神が準備したのは、魔法系最強の【全魔法創造】だったのだよ。その二つが、今は無能者たるお主の中にある。この偶然に愉悦《ゆえつ》する神の姿が目に浮かぶようだ」

ヒイロが【超越者】に加えてあらゆる魔法を作るスキルまで持っていると聞いて、バーラット達は再び目を見開くが、いつも魔法を作っていたのはそのスキルのお陰だったのかとすぐに納得した。

その横で、今まで抱いていた神に対するイメージが、ガラガラと音を立てて崩れた上、オモチャ扱いされたような気がして嫌そうな顔をするヒイロ。そんな彼に、ウンウンと独眼龍は頷く。

「で、だ……生き残った我らの援護を受けながら、天使は魔龍の超攻撃を魔法壁でいなし、着実に魔法攻撃を当てていった。そして、隙を見て大技を繰り出す」

「大技、ですか」

ワクワクする展開に、神に対する気持ちをとりあえず脇に放って話に集中していたヒイロが目を輝かせると、独眼龍はもったいつけたように一息ついた後で口にした。

「メテオストライク」

「『隕石《いんせき》落とし！』」

独眼龍の言葉から、どんな魔法か瞬時に想像がついたヒイロとネイがハモる。

「まさか、そんな大技が使われたなんて！」

「大技オブ大技ですねぇ。大気圏《けんがい》外からの巨大物落としは！　もう、防ぐには敵味方協力して、軌道を逸らすしかないです！」

盛り上がる二人に、バーラット達が冷ややかな視線を向けた後で、『構わないから、話を進めろ』というように独眼龍に手の平を差し向けた。

「う、うむ……メテオストライクは大技であるが故に、発動から効果を発揮するまで時間がかかる魔法だった。隕石を魔龍の頭上に落とすように誘導する天使は無防備。その隙を逃がさんと、魔龍は力を振り絞って最後の足掻《あが》きを見せた」

　当時の事を思い出しているのであろう、苦々《にがにが》しい表情を浮かべる独眼龍。

「勿論、そんな魔龍に我らも対抗し、天使を守るために必死にこの身を盾とした。アースジャイアントは絶対的な強度を誇っていた肉体に取り返しのつかないダメージを負い、フェニックスはその不死性が失われるほどの傷を核《かく》に負った。かく言う我も自慢の煌鱗《こうりん》がボロボロになり、未だに全快はしておらん」

　かつての戦友の状況を嘆き、独眼龍は悲しげな表情を浮かべる。

「だが、そんな犠牲を払った甲斐《かい》があり、頭上に巨大な隕石の影が見え始め、我らは安堵した――それが、隙にも繋がったんだがな」

「勝敗が決する寸前か……優勢側が一番油断する瞬間ではあるな」

　さもありなんとバーラットが語ると、独眼龍は静かに頷いた。

「隕石が落ちてくる前に影響範囲から脱出する。そんな考えが頭を過《よぎ》った隙を突かれて、天使に魔龍の尾の一撃を通してしまったのだ。天使は、尾に打たれる瞬間、我らに逃げろとでも言うように微笑みながら頷いていた。いや――それは、罪悪感から逃れるために我が生み出した想像なのかもしれん」

「いえ、【全魔法創造】さんがその天使さんを基にして自我を生み出したと言うのなら、本当にそう願っていたと思いますよ」

自責の念に駆られている独眼龍に、ヒイロは間を置かずに言ってのける。

独眼龍が光明《こうみょう》を見出《みいだ》したように顔を上げると、ヒイロは「間違いありません」と頷いてみせた。

「そうか……本当にそうならば救われる。我らは、魔龍の尾に打たれて地に堕《お》ちていく天使を背に、その場から逃げ出したのだから……」

「それでよかったのです。天使さんは、貴方がたまで犠牲になることを望んでなかった筈ですから」

自分の心に存在する【全魔法創造】に『そうですよね』と確認を取ると、ヒイロの心が温かい気持ちで満たされていく。それを肯定と受け取って、彼は独眼龍にニッコリと微笑んだ。

ヒイロの気持ちを汲み取って、独眼龍は少し晴れやかな表情を見せながら口を開く。

「そうして隕石は天使と魔龍を呑み込みながら地に落ちた。その場所は巨大な大穴となり、今はビーワという湖になっておる」

「カンサル共和国にあるというアレか！」

驚くバーラットに頷き、独眼龍は締めくくりの話を始める。

「天使と魔龍。二人が倒れた後、天から光が降り注ぎ、二つの光の玉が導かれるように天へと昇っていった。それは二人が持っていたスキル【超越者】と【全魔法創造】。スキルの中でも他の追随《ついずい》を許さないこの二つのスキルは、神が回収したのだなと安堵したものだが……まさか再びこの地に出現させるとは、何を考えている、神！」

静かに語っていたところから一転、天に向かって怒りを込めて吠える独眼龍。

そんな彼の様子に、ヒイロ達が苦笑いを浮かべていると、ポセウスが口を開いた。

「そんなわけでシェロンは、【超越者】と【全魔法創造】を持つヒイロさんのことを直接見定めてみたかったんです。ところで、ヒイロさんもシェロンに会いたがっていたみたいですけど、何か理由があったんですか？」

ポセウスに問われて、話に夢中になって本来の目的を忘れていたヒイロは目を見開いた。

「そうでした！　私は魔族の話の確認をしたくてここに来たのでした！」

「魔族？　どういうことだ？」

「最近、魔族の方が人間にちょっかいをかけてきてるのですが、彼らによるとその原因が人間側にあると言うのです。それが本当なのか、当時から生きているであろう独眼龍さんに聞きたかったのです」

「ふむ……あれか」

「知ってるんですね！」

何かを思い出したかのような独眼龍に、ヒイロが詰め寄る。

ヒイロの勢いに独眼龍は少し後ずさりながらも、ポツリポツリと語り始めた。

「あれは……確か千年ほど前だったな」

「千年前、というと、魔族がシコクに封じられた頃ですね」

「なんだ、知っていたのか……それ以前は、人と魔族は互いに協力しながら住んでいた。しかし、突然人間側が魔族をシコクに押し込め、そこに封印したのだ」

「なっ！　何故です？」

それまで共存していたのなら、封印には何か理由がある筈。

ヒイロが更に詰め寄ると、独眼龍は一旦、仰《の》け反《ぞ》るように頭を後方に振り、勢いよく彼の額に向かって頭突《ずつ》きを食らわす。

「あうっ！」

あまりの威力に、たたらを踏んで額を押さえるヒイロ。そんな彼を独眼龍は呆れたように見る。

「少し落ち着け。今思い出そうとしてるのだが、どうもそれらしい理由が出てこんのだ。あえて言うならばその頃は、各地で人間達が国という生活様式を生み出していたが……」

「人間が国を作った頃……ですか？」

ヒリヒリする額をさすりつつヒイロが小首を傾げると、ポセウスが「う～ん」と意味ありげに唸る。

「これは憶測《おくそく》でしかありませんけど……」

「構いません、心当たりがあるのなら教えてください」

食い気味に請《こ》うヒイロに、ポセウスは「ハハハ」と笑いながら話を始める。

「魔族は身体能力、魔力、特殊《とくしゅ》能力、どれを取っても人を凌駕し、一人で国を揺るがしかねない能力を持っている方々です」

「ええ、確かに」

実際に一人で国を窮地に落としかねないことをやっていたと、魔族の集落や首都に現れた魔族を思い出しながらヒイロは頷く。

「そんな方々がどこの国にも属さずに、一集団として存在している。それが国家にとってどれほどの脅威か、想像に難《かた》くありません」

「まさか……たったそれだけの理由で？」

絞り出すようなヒイロの言葉に、ポセウスは頷く。

「人は最悪を想像し、事前に対処する傾向が強い種族です。国同士で話し合い、脅威を取り除く行動を取ったとしてもおかしくありません」

「では、魔族の方々は、何の非《ひ》もないのにシコクの地に封じられたんですか？」

「シコクは土地ではない」

「えっ！」

独眼龍の言い捨てるような言葉に、ヒイロは驚きつつ彼を見る。

「先ほどの話にも出ていただろう。国ほどもある巨大な亀がいたと」

「まさか……」

「エンペラー・フルディフェンスタートル。それがお前達がシコクと呼んでいる土地の正体だ。おかしいとは思わんかったか？　魔力で劣る人間が、いくら数で優っていようが、大人数の魔族の封じ込めに成功したことを」

「ああ、魔物の力を借りたんだね」

　ニーアの一言に独眼龍は頷く。

「エンペラー・フルディフェンスタートルは防御に優れていてな、強力な防御壁や結界を、息をするように自然に使う魔物だ。人間は魔法を使用する者を総動員し、その力を利用して魔族を封じる結界を作ったのだ。外からの攻撃に対して圧倒的な防御力を誇る結界を反転させ、内からは絶対破られない結界を作り出した……そのせいで、外からの結界破りには脆いという側面が生まれてしまったがな」

「それで、チュウ国は結界を破ることができたんだ」

　チュウ国が土地を欲して結界を破ったという推測が事実だとでも言いたげなネイの言葉に、ポセウスが頷く。

　それを見て、ヒイロが納得したように呟いた。

「では、魔族の方が不毛の地と言っていたのは……」

「いくら大きくても所詮は亀の甲羅《こうら》の上だ、まともな植物は育たんだろうよ。当時の人間側も、そんな地で魔族達が千年も生き永《なが》らえるとは想像してなかっただろうな。だから、詳《くわ》しくは後続《こうぞく》に言い伝えてなかったんだろうが……」

「ホクトーリクの現王は、魔族を封じた理由は勿論、シコクが魔物だということも知らなかったようです」

「ふっ、千年は人にとっては長すぎる年月だろうからな、さもありなん」

「しっかし、ずっと動かないなんて変な亀だね」

エンペラー・フルディフェンスタートルに対し、そんな長い時間動かない生き物がいるんだとニーアが呆れたように呟く。

「身体がデカイということは、動けばその分膨大なエネルギーを必要とするということだ。アレは、我らが死闘《しとう》を繰り広げていた一万年前もあそこにいたからな。身の危険を感じん限り動かんだろう」

「それって、何が楽しくて生きてんのかな？」

「知らん。それよりも楽しみという言葉で思い出したが、お主ら――」

独眼龍はそこまで言うと、ヒイロ達を険《けわ》しい顔で見回す。

今までの和やかな会話から一転、厳しい表情を見せる独眼龍に、ヒイロ達は緊張するが――

「我に会いに来るというのに土産《みやげ》の一つも持ってきてない、なんてことはないだろうな」

ほれ、出せと言わんばかりの独眼龍に、ガクッと肩を落とした。

「ははは……手土産ですか。では、先王に習うとしますか」

言いながらヒイロはバーラットの方にチラリと視線を送る。その意図を汲んだバーラットは、『仕方がない』という風に頷いた。

バーラットの了承を得たヒイロは、時空間収納からいくつもの酒樽を取り出し床に置き始めた。ここに来る前に開かれた宴会で残ったものを、バーラットの指示でヒイロが回収していたのだ。

「おっ！　ふぉ、ふぉ。なんだ、あるのではないか。安心したぞ」

並べられていった酒樽の数は十にも及んでいた。その数に小躍《こおど》りするのではというほど喜んだ独眼龍は、空洞の奥に続く通路に視線を送ってパンパンと手を叩く。

すると合図に呼応して、洞窟の奥から巫女服《みこふく》に似た衣装《いしょう》を着た、爬虫類《はちゅうるい》を思わせる質感の翼とツノを持った女性達が十人ほど現れ、ヒイロ達の周りにテーブルや料理をセッティングし始めた。

「酒は人が生み出した最上の産物だ。人間も、武器の開発などにうつつを抜かす暇があったら、もっと酒の発展に勤しめばいいのだ」

愚痴りながら、待ちきれないと言わんばかりにテーブルに置かれたコップを手にする独眼龍。

「おっ、爺さん分かってるねぇ」

そんな独眼龍の言い分に同意したのは、勿論バーラット。

彼はコップを手に取って独眼龍の隣に並び立つ。そして、女性が杓子《しゃくし》で酒樽から汲み取った酒をコップに注いでもらうと、独眼龍と乾杯《かんぱい》を交わして二人で一気に酒を呷った。

「ふぉ、ふぉ、ふぉ。お主も分かっておるようだな。しかも、どことなく先王に似ておるのが気に入った」

「はっはっは、一応、孫だからな」

「おおっ、そうだったか。そりゃあ結構」

笑い合いながら、凄い勢いで酒を胃袋に収めていく二人の様子を見ながら、ヒイロは『これは徹夜《てつや》コースですね』などと思い、苦笑いを浮かべるのであった。

第19話　別れと旅立ち

《久しぶりだな》
真っ暗な空間に響く、突然の声。

ヒイロはその声で、目の前に二人の男女が立っているのに気付いた。

男は二十代後半くらいで長身。無造作に伸びた黒髪を持ち、筋肉質で野性味溢れる容姿だった。服装は男性ではありがたくない、胸元のがっちり開いた黒いシャツにズボンという格好。

女は腰まである艶《つや》やかな金髪の美しい容姿。ゆったりとした白い服を着ていたが、それでも主張しまくる胸元に、何故、胸元の開いた服を着ない！　と、大半の男は思うだろう。

しかし、ヒイロはそんな女性の胸元ではなく、その背後に目を奪われていた。女性の背中には、純白の綺麗《きれい》な一対の羽が生えていたのだ。

（えっと……）

見覚えのない二人にヒイロが戸惑っていると、男性は次第に苛立ち始め、女性は口元に手を当てて優雅《ゆうが》に笑う。

《まさか、忘れたとは言わんよな》

〈ふふっ、そんな筈はありませんよね、宿主殿〉

（あうっ！　……って、宿主？　それにその声は……）

慌てふためいたヒイロだったが、女性が自分を宿主と言ったことと聞き覚えのある声に、まさかと口元に手を当てる。

（……【超越者】さんと、【全魔法創造】さん……ですか？）

前回会った時はただの光にしか見えなかった二人に、ヒイロが恐る恐る確認すると、男は苛立ったように眉をひそめ、女性は柔らかに笑ったまま静かに頷いた。
《それ以外の何に見えるというのだ》
〈やはり、そうなのですね！　いえ、前に会った時はただの光にしか見えなかったのですが、今は二人とも人の姿に見えるもので、確信が持てなかったんです〉
《人の姿だと？》
〈ああ、宿主殿は先ほど、独眼龍殿から私達の自我が生まれた経緯を聞いてましたから、それで、私達に対して人型のイメージを持ったんですね〉
【全魔法創造】の説明に、眉をひそめていた【超越者】がなるほど、とヒイロに対して取っていた前傾姿勢を解き、彼女に向き直る。
《我らが元の宿主を基にして自我を作ったというアレか》
〈ええ。この間、宿主殿の身体をお借りした時に生身《なまみ》の感覚が懐かしいと感じましたが、アレは、前の宿主殿の感覚がそう思わせていたのですね〉
謎《なぞ》が解けて清々《すがすが》しい表情を見せる【全魔法創造】に、【超越者】はフンッと鼻を鳴らす。
《あの話が本当なら、我はお前に負けた者のコピーだということか》
面白くなさそうにそっぽを向く【超越者】に、【全魔法創造】は駄々《だだ》をこねる子供に向けるような慈愛の視線を向けた。

〈あら、三十近い力ある魔物と戦った後で相打ちになったのですから、貴方の負けということはないでしょう〉

【超越者】を持ち上げておきながら、それでも自分の負けだとは口にしない【全魔法創造】。その姿にヒイロは、（あっ、【全魔法創造】さんは思いの外《ほか》、負けず嫌いですね）と少しにやける。

そんなヒイロを、自分が負けてないと【全魔法創造】に認めてもらい、満更でもない表情を見せていた【超越者】がジロリと睨む。

《宿主殿よ、何が面白いのだ？》

爬虫類を思わせる縦長《たてなが》の瞳で睨む【超越者】に、ヒイロは笑みを引き攣らせながら慌てて弁解を始めた。

（え〜とですね……二人が人の姿になって親近感《しんきんかん》が湧いたなぁと……それに、話を聞く限り二人の前の持ち主、天使様と魔龍さんの戦いはどう考えても引き分けなのに、それを負けだと思ってしまっている【超越者】さんが、少し微笑ましくて）

二人を立てて引き分けと結論付けたヒイロに、【全魔法創造】はコロコロと笑い、【超越者】は照れたようにそっぽを向く。

（それにしてもメテオストライクで相打ちとは、前の宿主さん達は壮絶《そうぜつ》な方々だったんですね）

〈あら、あの魔法ならすぐにご用意できますが、取得なさいますか？〉

【全魔法創造】のとんでもない提案に、ヒイロはブンブンと凄い勢いで首を横に振った。

（いえいえ、結構です！　大陸に大穴を空《あ》ける魔法なんて、使い道がありません）

ヒイロの全力の拒否《きょひ》反応に、【全魔法創造】が頬に手を当てて〈あら、残念〉と呟く。

そんな彼女を見ながら、今の状況をしっかりと呑み込めたヒイロにふと疑問が湧く。

（しかし……何故私はまたお二方とお会いしているんですか？　まさか！　また私の精神が封印されたなんてことは……）

〈いえいえ、そこまでのことではありません。宿主殿は今、生理的な意識の喪失《そうしつ》をしているだけです〉

（生理的な意識の喪失？）

不穏《ふおん》な言葉の響きにヒイロが少し焦っていると、【全魔法創造】がクスクス笑って言う。

〈平たく言えば睡眠《すいみん》です〉

（……なら、初めからそう言ってください。でも、寝てるだけで貴方達に会えるのなら何故、今までそうしなかったんですか？）

ヒイロのもっともな疑問に、【超越者】がピクリと片眉を上げる。

《それは、宿主殿が今まで我らの声を聞こうとしなかったからだ》

（えっ！　私のせいですか！）

〈【超越者】殿、そこで宿主殿のせいにしては可哀想ですよ〉

【全魔法創造】は【超越者】を諌《いさ》めつつヒイロを見る。

〈睡眠レベルで私達と宿主殿が会えたのは、恐らく宿主殿が私達の存在に気付いたからだと思います〉

《ここは宿主殿の意識下、あくまで宿主殿が主体なのだ。宿主殿が我らの声を聞こうとしない限り、声が届くことはない》

やはりヒイロが悪いと結論付けた【超越者】は、申し訳なさそうにしている彼に一つため息をつくと、気を取り直したように話し始める。

《さて、再会の考察はこの辺にして、そろそろ本題に入ろうか》

〈はい？　本題……ですか？〉

腕を組んで見下ろす【超越者】の迫力に負けて、ヒイロは思わず正座をしてしまう。

《うむ。この間、せっかく我の１００パーセントの力を身体に馴染ませたというのに、宿主殿はあの後、我が力を１パーセントから上げておらぬな》

〈えっ！　ですが、必要ありませんでしたから……〉

何かまずかったのかと段々と声のトーンを下げていくヒイロに、【超越者】は腕組みしたまま盛大に嘆息する。

《あの時馴染ませていた感覚が陰りを見せてきているのだ。あの戦いの直後は85パーセン

トぐらいまで制御することが可能だったが、今、我が制御できるのは70パーセントまでだ。それほどに低下しているのだぞ》

（うっ！）

確かに【超越者】を使う努力は怠っていたと、ヒイロは素直に非を認めてうなだれた。

その様子に、【超越者】はキッと彼を睨みつけた。

《宿主殿よ、早く我を十全に使えるようになってくれ。でなければ我はいつまでたってもスキルとして、能力の全てを使いこなせていないということがどれほどのストレスになっているのか。

気が休まらん》

そんなことにも気付いていなかったのかと、ヒイロは申し訳ない気持ちになりながらも【超越者】の目を見ながら力強く頷く。

《頼んだぞ》

〈ふふ、ご尽力《じんりょく》、応援しております〉

言いたいことを全て言い終えて、二人の姿はゆっくりと霞《かすみ》のように消えていった。

酒の失敗が記憶に新しいネイは、昨夜は早々に洞窟奥にある寝室に案内されて就寝《しゅうしん》していた……もっともそれを促したのは、彼女の酒の失敗で被害を被《こうむ》ったヒイロだったのだが。

ほどよい睡眠が取れ、同じ部屋で寝ていたレミーとニーアとともに起きて、ネイは宴会場に戻ってきた。しかし――

「なにこれ……」

宴会場の有り様《あさま》にネイは思わず呻く。

赤ら顔のバーラットと独眼龍が、会場のど真ん中で未だに乾杯と一気飲みを繰り返しており、その足元ではヒイロとポセウスが互いの腕を枕に大の字に寝ていた。

寝ている二人に毛布がかけられているのは、恐らくバーラットと独眼龍にいそいそとお酌《しゃく》をしている巫女服の侍女《じじょ》達が気を利かせてくれたのだろう。

そう思いつつ、ネイは頭痛を覚えてこめかみに指を当てる。

「あー、夜通し飲んでたんですね」

「バーラットは、お酒のことになると途端にだらしなくなるからなぁ。ヒイロは酔わないみたいだから、早々に寝落ちしたフリをしてこの場を逃げたんだね」

ネイの後から入ってきて即座に状況判断したレミーとニーアが、いつものことだと何事もないように棒立ちになっていたネイの横を通り過ぎて部屋の中に入っていく。

「ほら、ヒイロ！　朝だよ」

ニーアが声をかけると、敬礼《けいれい》をしながら上半身を起こしたヒイロが「努力します！」と大声で宣言する。

そのあまりの声の大きさに全員が驚いて視線をヒイロに向ける中、ニーアが呆れたように口を開く。

「何？　努力しないと起きれないほど眠いのかなヒイロ？」

「えっ！　あっ、これは違います。睡眠はバッチリですよ」

気恥ずかしそうに取り繕いながらヒイロが起き上がると、隣に寝ていたポセウスも立ち上がり、何事もなかったように服装を整えながら「おはようございます」と挨拶を交わす。

そんな様子を微笑ましく見ていたレミーが、バーラットに話しかけた。

「バーラットさん、そろそろ出発しますよ」

「なにぃ！　もうそんな時間なのか？」

まだ飲み足りないとでも言いたげなバーラットは、名残惜しそうに手に持つコップに目をやる。そんな彼の腕を掴み、レミーは慣れたように強引に引っ張った。

「忘れたんですか？　ネイはコーリの街の領主になってるんですよ。街の役人への顔合わせもまだなのに、ここであまり時間を取れませんん」

「そう、だったな」

腕を引っ張られるままにやれやれと立ち上がるバーラットを、独眼龍が見上げる。

「なんだ、もう行くのか」

「ああ、用事があるんでな」

すっかり飲み友達となった間柄《あいだがら》。バーラットが「また暇ができたら顔を出す」と言って踵《きびす》を返そうとすると、独眼龍が呼び止めた。

「待て待て、こんなに手土産をもらったんだ。お返しをくれてやる」

部屋に並べられた酒樽の礼だと言いながら、独眼龍は側にいた侍女に目配《めくば》せする。

そして侍女が一礼して奥に引っ込むのを確認してからヒイロを見た。

「……弟の力を引き継いだお主が、あの若造の力を持つ装備を身につけてることが気に入らんかった」

「……？　私ですか？　若造の力を持つ装備？　何のことです？」

独眼龍の視線が間違いなく自分に向けられていることに気付いて、ヒイロは何のことだか分からずに首を傾げた。そんな彼を、独眼龍は片眉を上げて不審そうに見る。

「なんだ、知らずに着ているのか。お前が着ている上着、それにはサーペントの力が宿っているのだぞ」

「……えっ！　なんで？」

一瞬惚けた後で、慌てて自分が着ているコートを見回すヒイロを、酔っ払いながらボーッと見ていたバーラットだったが、ふと思い出してポンと拳で手のひらを叩く。

「ああ、そういえば魔族の里の親父にエンペラーレイクサーペントの鱗を渡していたな」

「えっ！　あれは報酬《ほうしゅう》に渡したんですよ。なのに何故コートにそれの力が？」

「律儀《りちぎ》そうな親父だったからな。家族を救ってくれた礼のつもりだったんじゃないか」

バーラットの憶測に、「えー！　そんなの申し訳ないです」とあたふたしているヒイロを尻目に、ネイがバーラットに近付く。

「エンペラークラスの力を宿してたなんて……そんなとんでも装備だったんだ。じゃあ、ファイアジャイアントの炎攻撃を無効化したのって……」

「状況が分からんからなんとも言えんが、多分アレの効果だろうな」

リリィを庇った自分が無傷だった時のことを思い出したネイに、バーラットはぶっきら棒に答える。と、そんな場を収めるように独眼龍がパンッと手を叩いた。

一同が動きを止めて視線が集まったところで、独眼龍がヒイロへと視線を向けた。

「さて、お主は確か変わった武器を持っていたな」

「えっ、あっ、これですね」

ヒイロが鉄扇を出すと独眼龍は「うむ」と頷き、次にバーラットとネイを見る。

「お主達も面白い武器を持っていたな」

「武器……つうとコレか」

「私はコレね」

バーラットが銀槍を出し、ネイが水の魔剣を抜く。

「それと嬢ちゃんは変わった装束《しょうぞく》」

「はい」

言われてレミーがクルリとその場で回ると、彼女はいつのまにか黒装束姿になっていた。

それぞれの武器が独眼龍の前のテーブルに並べられ、レミーはその隣に立つ。

そこまで準備を進めると、独眼龍はいつのまにか自分の背後に戻っていた侍女から何かを受け取る。そしてそれを掴みながら「ほいっ！」と気の抜けた気合いとともにヒイロの鉄扇に手の平を叩きつけた。

それだけで、ライトブルーだった鉄扇が、白銀色へと姿を変える。

「えっ！　何をしたんです？」

驚くヒイロを尻目に、独眼龍は無言で同じものを掴み、同じくネイの魔剣に叩きつける。

魔剣もまた、白銀色へと姿を変えていた。

「えっと……どういうこと？」

独眼龍のやったことが理解できずに、今度はネイが呻くように聞く。すると独眼龍はやっとヒイロ達を見た。

「今のは素材の合成だ」

事も無げに返す独眼龍に、酔いも覚めるとばかりにバーラットが目を見開いた。

「素材の合成!?　一流の職人が、大掛かりな儀式で時間をかけてやるというアレか！」

「ふぉ、ふぉ、ふぉ。その辺の平凡な種族と我を同列に扱うな。我からすればこんなこと、

造作《ぞうさ》もない」

驚かせたことに上機嫌な独眼龍に、ヒイロが恐る恐る口を開く。

「それで、私の鉄扇に何を合成したんですか？」

「弟の力を受け継いだお主が、若造の力を持つ装備を身につけてることが気に入らんと言っただろ。今のは、魔龍との戦いで剥がれ落ちた我が鱗だ」

「「はぁ？」」

ヒイロとネイが素っ頓狂な声を上げるのを笑いながら、独眼龍は今度はバーラットへと目を向けた。

「お主、これがなんなのか分からんで使っておるだろ」

「何って……やたらと頑丈《がんじょう》なただの槍じゃないのか？」

「頑丈……か。やはりお主はこれの材質が分かっとらんな」

勿体ぶる独眼龍に、バーラットは顔をしかめる。

「だから、なんなんだよ」

「これは、龍の角だ」

「………………なんだと？」

「我よりもランクの低い者の物だが、これは間違いなく龍の角だ」

もう一度詳しく言い直した独眼龍に、バーラットは唖然とした後で、気を取り直したように険しい表情を浮かべた。

「それはおかしいだろ。そんなとんでもない材質なら、もっと特殊な力があるはずだ」

「眠っているんだよ、よっぽどなことが起こらない限り目覚めないほどに深くな。これほど深く眠られては、かなりの力ある者が使わねば目覚めんだろ」

「ちっ、俺では力不足だったってわけか」

面白くなさそうに舌打ちするバーラットを、独眼龍は「ふぉ、ふぉ、ふぉ」と笑う。

「いやいや、お主は結構いい線をいっている。さすがは我と夜通し飲み明かす胆力があるだけのことはあるな」

飲んべえなのを褒められているのだが、それでも悪い気はしていないバーラットに、独眼龍は意味ありげにニヤリと口元を歪めた。

「こいつが目覚める切っ掛けを今から作ってやる。後は……」

言いながら銀槍に手を当てる独眼龍に、バーラットは渋面を作る。

「俺次第、ってわけか」

「そういうことだ」

口元の笑みはそのままに返した独眼龍は、フンッと少し銀槍に添えた手に力を込める。

すると、銀槍が一瞬光を浴び、すぐに元に戻った。

「ほれ」

事を終えた独眼龍が渡してくる銀槍を渋面のまま受け取り、少しの間マジマジと見つめたバーラットは、いつものように無造作にマジックバッグに仕舞い込んだ。

「後はお主だな」

最後にレミーへと振り向いて、独眼龍は巫女から何かを受け取った。

それがなんなのか見えないヒイロ達は凝視《ぎょうし》する。

「えっと……何か持ってます？」

何度見直してもやはり独眼龍の手の平には何も載《の》ってるようには見えず、ヒイロが眉をひそめた。

「昔、クリアドラゴンという種族がいてな。まぁ、ある特殊能力以外は別段秀《ひい》でた力はない小型の竜だったから、昔の厳しい環境に耐えきれず絶滅《ぜつめつ》してしまったんだがな」

「環境による絶滅……魔龍さんの手によるものではないんですね」

「うむ。さすがの魔龍も、奴らの特殊能力の前では、手を出すことも叶わんかったのだ」

クリアドラゴンという名と、魔龍も手が出なかったという情報。それに、独眼龍が手に持っているであろう何かを吟味《ぎんみ》して、ヒイロはある推測に行き当たる。

「透明《とうめい》な……しかも【気配察知】や【魔力感知】にも引っかからない種族ってことですか？」

普段から【気配察知】と【魔力感知】を発動しているヒイロ。それなのに独眼龍が持つ物を視認することは勿論、感じ取ることもできなかった。

それ故に出した結論に、独眼龍は頷く。

「そういうことだ、素材の鱗ですら透明で見えん。ほいっ！　っと」

会話のついでに独眼龍はレミーの腹部に手を押し当て、素材の合成を済ます。しかし、レミーに何の変化も見られず、ネイが「ん？」と小首を傾げた。

「まるで、裸の王様ね。見えない物をあるって言われても分からない。素材あるある詐欺《さぎ》じゃないでしょうね」

「いえいえ、独眼龍さんの善意を疑ってはいけませんよ、ネイ」

少しおどけたネイを、ヒイロが真剣に諫める。

しかし、そんな彼の苦労を嘲笑うようにバーラットがニヤリと笑いながら話に加わった。

「いやいや、ヒイロ。俺も人の中では上位に位置すると自負《じふ》しているつもりだ。そんな俺が持っていても銀槍は目覚めないと言われたんだぞ、ネイの言い分も納得したくなる。しかしそうなると、お前達に合成した素材も、怪しくなるな」

「う〜ん、強化されたと思い込んで息巻いて実践で使ったら、しょぼい効果しか表れない。実に見事な悪戯《いたずら》だね」

ニーアからいい笑顔でサムズアップされた独眼龍は、「お前らなぁ」と恨めしそうに呻いた後でレミーを見る。すると頷いた彼女は、その場で姿を消した。

「へぇ～……」

「ややっ」

「ほう」

突然消えたレミーにネイが感嘆《かんたん》の声を上げ、ヒイロは驚き、バーラットは興味深そうに顎に手を当てた。

「確かに【気配察知】や【魔力感知】に反応がありません。凄いですね」

本当にレミーがそこにいるのかと、彼女がいた辺りに手を伸ばすヒイロ。すると――

「あうっ！」

突然ヒイロの腕がねじり上げられ、彼はその場で地面に組み伏せられた。

「うにゃ！　すみませんヒイロさん」

腕をねじり上げながら片膝をヒイロの背中について、彼を地面に押さえつける状態で姿を現したレミー。彼女は慌ててヒイロを解放すると、赤面《せきめん》しつつ立ち上がる。

「ヒイロさんの手が……その……わたしの胸に向かっていたものでつい……」

モジモジと言い訳するレミーに、ヒイロは自分が行った所業に気付いて慌てて立ち上がった。

「えっ！　いや、そんなつもりは……」

「ヒ、イ、ロ、さん」

「計画的か？　若いなヒイロ」

レミーに謝罪するヒイロに、ネイは殺気を放ちながら凄み、バーラットはニヤニヤして茶化《ちゃか》す。

「いえいえ、これは事故です。決して故意ではないんです」

「本当かしら？」

「本当ですってば！　信じてくださいネイ」

しどろもどろに必死に弁解するヒイロを背に、次は自分の番だとニーアはワクワクしながら独眼龍の前の机に降り立った。

「独眼龍のお爺ちゃん。ぼくには何をくれるの？」

「うん？　おお、そういえば妖精の嬢ちゃんが残っていたな」

期待の目を向けられ、独眼龍はニーアに視線を向ける。表面上は余裕ある笑みを浮かべていたが、その内心は焦っていた。

（すっかり忘れておった！　そういえばいたなぁ、このちっこいの。全く考えておらんかった、どうするべきか……そうだ！）

妙案《みょうあん》を思いつき、独眼龍はニーアの頭に自分の人差し指を当てる。

「お主には出会いを与えよう」

「出会い？　物じゃないの？　すっごい魔法書なんかを想像してたんだけどなぁ」

「ふぉ、ふぉ、ふぉ。そんな物など色褪《いろあ》せるような出会いがあるだろう。楽しみにしておれ」

不満そうなニーアに、独眼龍は取り繕った笑みを顔に貼り付け、彼女の頭に添えた指を光らせる。

「これでお主は素晴らしい出会いに巡り合う筈だ」

（そう、だよな。常に周囲を見回しているあやつなら、ちっこいのに与えた我の気配に気付く筈）

自分の威信《いしん》に関わること、上手く行ってくれと祈りながら、独眼龍はニーアにそう言い切った。

「ふ～ん……まっ、楽しみにしているよ」

よく分からなかったが、とりあえず貰えるものは貰えたとニーアは振り向く。

そこでは、おどおどするヒイロと彼に詰め寄るネイ、それから「実害はなかったのですから」と場を収めようとするレミーに、二人をニヤニヤしながら見るバーラットの姿があった。

実に面白い仲間だ。

そう思いながらニーアはその輪に加わろうと、机の上から飛び立った。

閑話《かんわ》　先ノ目光《さきのめひかる》と魔族の決意

先ノ目光。

彼は平凡な家庭に、一人っ子として生まれた。

平凡とは言ったが光の家では一つ、他の家庭とは違うことがあった。

それは、彼の両親がとあるマイナーな宗教団体の熱心な信者だったこと。

当然、光も生まれた時から入信させられていた。元来素直な彼は、他者が聞けば違和感だらけの宗教団体の教えも、疑問を抱かずに聞き入れ、幼少期を送った。

神は貴方達の行いを見ている。

教祖《きょうそ》は事あるごとに信者に対してそう言い聞かせていた。だから、『教団に奉仕《ほうし》すれば神は見捨てないだろう』という言葉を信じ、光の両親は休日の全てを教団への奉仕に割《さ》いていた。

光もそれに倣って休日は教団で過ごしていたため、家族と旅行やレジャーに行くという、普通の家庭のような楽しい思い出などは存在しない。

そんな彼が、宗教団体に対して疑問を持ち始めたのは十二歳の時。

反抗期特有の否定、拒否の反応が他の子よりも少なかった光だったが、それを凝縮《ぎょうしゅく》するようにある疑問が彼の中に芽生《めば》えた。

(神様なんて、本当にいるのかな?)

その頃の光の両親は、借金までして教団にお布施《ふせ》をしており、家の財政は完全に破綻《はたん》していた。

貧乏暮らしの中、顔を合わせれば狂ったように教義を論じる両親。

歪《いびつ》な家庭に光は幸せを見出《みいだ》せなかった。神がいるのなら、こんな暮らしをしなければいけないほど奉仕し、お布施をしている僕達が何故幸せを感じられないのか。

その疑問は、彼の中で段々と大きくなっていった。

そんな時、光は異世界に召喚される。

突然現れた、否定し始めていた筈の神の姿。

光は創造神を目にした瞬間、神を疑っていた自分を悔《く》やみつつ、それでも神に仕えていた今までの時間は無駄ではなかったのだと歓喜し、その場に平伏《へいふく》していた。

「ははっ、そんな敬《うやま》いはいいいよ」

気軽にそう言って光に三つの力を与えた創造神に、彼は神の存在を疑っていたかつての自分に対する罪悪感も相まって、心底狂信した。

——そして現在。

ゴブリンエンペラーを屠《ほふ》り、シコクの地へと進軍した勇者達。彼らを先頭とするチュウ国の軍は、目についた魔族を倒しながら奥へと進んでいた。

魔族は千年にも及ぶ過酷な環境での生活によって数が激減《げきげん》しており、目の前に現れるのは衰弱《すいじゃく》した者がほとんどだった。

神の願いは自分達に与えられた試練と思っていた光は、少し物足《ものた》りなさを感じながらも、神の使徒《しと》として行動する自分に幸せを感じて進軍していく。

「君らの存在は、神様が否定なさっているんだ。大人しく死んでくれないかな」

突然の勇者の出現に慌てふためく魔族を、光の一撃が一刀両断にした。

魔族をこらしめるという神の願い。それを叶えている愉悦に光が笑みを零していると、同じ勇者である金髪碧眼《きんぱつへきがん》の美しい女性が賞賛《しょうさん》の声をかける。

「見事です、光様。さすがは勇者最強ですね」

「うん、思ったより手ごたえがないね。数も少ないみたいだし、これならあと三日くらいで神様の言いつけを守れそうだよ」

「そうですね。ですが、終わったらその後はどうするおつもりですか？」

投げかけられた質問に、光は足を止めて、ふと考える。

「そうだね……どうしよっか……」

元々、愚直《ぐちょく》に神の言いつけを守っていただけの光には、その先の明確なビジョンなどない。彼が答えあぐねていると、女性はニッコリと微笑んだ。

「私、常々思ってたんですけど、この世界の人達は神様に対する敬愛が足りないと思いませんか？」

「ん？　そう……だね。今生きていることも、日々の糧《かて》を得ていることも全て神様のお陰なのに、ここの人達には感謝が足りないかもね」

同意する光の手を、彼女は嬉しそうに掴んだ。

「そう思いますよね、光様！　ですから、魔族を退けたあかつきには、今度は民達にそのことを思い出させるための行動をしてはいかがでしょうか」

「ふむ……それは素晴らしい考えだね。きっと神様もお喜びになる」

光が少し考えた後で嬉しそうに言うと、女性はより一層強く、情熱的に彼の手を握る。

「勿論、神様に対する恩を日々感じながら生きている方々もいます。彼らに協力して、その教えを世界の隅々《すみずみ》まで伝えれば、きっと世界はより一層素晴らしいものとなる筈です」

「……教会、だね」

女性の言う者達が所属している組織の名を口にする光に、女性は力強く頷いた。

「なるほど、それは魅力的《みりょくてき》な話だ。この件が終わったら、教会に接触《せっしょく》してみようかな」

女性と手を放した光は、彼女に背を向け空を見上げながら、新たな目標を反芻《はんすう》するように頷く。

光の背後で、先ほどまでの笑みをいやらしいものへと変えている女性には気付かずに――

光は本当に気付いていなかった。

勇者の力を用《もち》いて神の教えを強要するということは、信者を言葉巧《たく》みに言いくるめて教団へ奉仕させた宗教団体の手法と、何ら変わらないことを。

それはつまり、かつて幸せを感じなかった光のような存在を増やす行為でしかないことを。


魔族の主城――とはいっても、海を漂流《ひょうりゅう》してきた木材を掻き集めて作られたみすぼらしい建物の中で、一人の青年が机に向かっていた。

顔つきは二十代中頃に見えるが、薄青い肌は彼が魔族であることを示しており、年齢も外見通りではないだろう。

白衣を身につけ、腰まで伸びたストレートの青い髪。整った顔には、右目にモノクルを付けている。

そんな彼が机に向かって熱心に魔道具の作成に勤しんでいると、不意に背後の扉が乱暴に開かれた。

「セルフィス！　勇者どもが攻めてきているぞ！」

「ティセリーナ、少し落ち着きなさい」

扉を乱暴に開け部屋に入ってきたゴスロリ少女を、セルフィスと呼ばれた青年は椅子に座ったまま振り返る。

「ゴブリンエンペラーが殺された時点で、遅かれ早かれそうなるのは分かっていたことじゃないか」

「それは、そうだが……」

静かに告げるセルフィスに、ティセリーナは不服そうに渋面を作る。

「こんな地で生き残って私達に尽くしてきてくれてた同胞達が殺されているのだ、これが落ち着いていられるか！」

「うん……それは僕も分かってる」

言いながらセルフィスは奥歯を噛みしめた。

自分達の生活も苦しいだろうに、食料を見つけると、お裾分けだとここに持ってきてくれた同胞達。彼らの姿を思い出し、セルフィスの目に一瞬、殺気が帯びる。

その凍りつくような視線に、自分に向けられているのではないと分かっていても、ティセリーナは背筋《せすじ》に冷たいものを覚えた。

しかし、セルフィスのそんな態度はすぐにかき消え、笑顔を取り戻し口を開く。

「今の僕達では勇者達には到底勝てない。今は我慢《がまん》の時だよ」

「では、逃げるというのか？」

勇者達へ一矢報いたいという気持ちを見抜かれ釘を刺されたティセリーナは、あからさまな不満顔を見せた。しかし、そんな彼女にセルフィスは肩を竦める。

「確かに素材の乏しいここから離れることは僕も賛成したいところだけど、逃げるといってもどこに行く気だい？」

「うぬぬ……」

嫌々ながらの提案も否定され、ティセリーナは歯軋りしながら唸った。

勇者達によって外から破られたとはいえ、結界のほとんどはまだ生きている。

唯一空《あ》いた穴は敵が攻めてきた入り口だけで、そこを抜けても敵の本拠地《ほんきょち》に通じているだろう。

大人しくジッとしていてもいつか来る勇者達とかち合い、逃げようとしても出口は敵の本拠地に塞がれている。八方塞がりな状況に、ティセリーナは頭を抱えた。

「だったらどうするというのだ！」

「逃げるは逃げるさ。それを可能にする魔道具が、今さっき完成したんだ」

机の上に載っている、直径三十センチほどの黒光りする水晶に手を置きながら、セルフィスは「ハハハ、妖魔に瘴気発生器の代わりとして貰った素材が役に立ったよ」と爽やかに笑う。

手段があるのなら初めから言えと、しかめっ面《つら》を作るティセリーナに、彼は急に真顔になって問いかけた。

「それで、御姫様《おひいさま》は？」

「今、ガルベルがお守りしている」

「グレズムは……」

「あいつなら今頃こっちに向かってきているはずだ」

最北の国《ホクトーリク》での工作は失敗したという情報を受けていたティセリーナ。

本来なら本人の心配をすべき知らせだが、精神を他者に移して戦う戦法を得意とするグレズムなら、本体は無事だろうとさしたる心配はしていなかった。

「そうか……なら逃げる先は、グレズムと合流できる北東だね」

「ほくとおぉ～？　う～ん、北東かぁ～……」

妥当《だとう》な提案だと思ったが、ティセリーナのあからさまな難色にセルフィスは首を傾げる。

「なんだい？　北東に逃げると何か問題があるのかい？」

「……北東には化け物がいるんだ」

「？　……ああ、君を退けたという、見た目は冴えないおじさんか。会えたら嬉しいなぁ、話を聞いた時から一度見てみたいと思っていたんだ」

「冗談じゃな――」

「おい、セルフィス、ティセリーナ」

セルフィスのとんでもない発言に、できれば二度とヒイロとは会いたくないと思っていたティセリーナが魂の叫びを発した。

しかしその声は、部屋の入り口付近からかけられたドスのきいた声に遮られる。

二人がドアの方を振り向くと、そこには筋肉があった。

入り口よりも遥かに大きいガタイのため、セルフィス達からは胸板よりも下しか見えない。その男が、身をかがめてのそりと部屋に入ってくる。

青鬼。そんな形容が服装共々似合う男は、部屋に入ると二人を見つめながら口を開く。

「今後の方針は決まったか？」

「ええ、ガルベル。逃げる算段はできました」

「そうか……ならば御姫様《おひいさま》を頼む」

ガルベルと呼ばれた男はそう言って、自分の足元にいた五歳くらいの少女を二人にそっと押し出す。

白いドレスを着た、薄青い肌の可愛らしい少女。自分達の守るべき彼女を託そうとするガルベルに、ティセリーナは訝しげな視線を向ける。

「頼むって……マリアーヌ様の護衛役はお前だろ」

「残る気……ですか」

ガルベルの心中を汲み取ったセルフィスに、ティセリーナが驚きの表情で振り向く。

「なんでガルベルが残るのだ！」

「これから行く地は人間の世界。我々ならそこに溶け込むことができるでしょうが、ガルベルは容姿的に目立ちすぎる。そういうことです」

自分の代わりにティセリーナに説明してくれたセルフィスに、ガルベルは静かに笑いながら頷く。

「それに、勇者どもがここに来た時に誰もいなければ、魔族の頭領《とうりょう》達は逃げたと判断するだろう。そうなれば奴らは永遠に御姫様《おひいさま》を追い続ける。だからその事態を避けるために、俺はここで魔王として奴らと相対する」

「なっ！　だったら私も残るぞ！　一緒に勇者どもに一矢報いてやろう」

その外見からは想像もつかない優しい心根を持つガルベル。彼の覚悟に、ティセリーナは自分も付き合うと胸を叩くが、そんな彼女にガルベルは首を振った。

「ティセリーナ、お前まで残ったら誰が御姫様《おひいさま》を守るというのだ。非力《ひりき》なセルフィスに任せるというのか？」

「うっ……」

言われてティセリーナがセルフィスの方を振り向くと、彼は情けない笑みを浮かべていた。

確かに頼りないことこの上ない彼に魔族の玉《ぎょく》であるマリアーヌを任せるのはあまりに心配だと、ティセリーナは渋々《しぶしぶ》ながら引き下がる。

そんな彼女の様子に頷いて、セルフィスはガルベルを正面に見据えた。

「では、王の影武者《かげむしゃ》役、お願いできますかガルベル」

「うむ、任せておけ」

これから自分がどうなるのか分かっているだろうに、それでも笑うガルベルに、セルフイスは悲痛な顔になるのを必死に堪えて笑みを作る。

「任せましたよ……では、御姫様《おひいさま》、ティセリーナ。行きましょう。まだ細かい調整が終わっていないので、大まかな方角に飛ぶことしかできませんが、な～にこの転移球、私の作品の中でも最高の一品です。問題はないでしょう」

「ちょっと待て！　そんなわけの分からない物をマリアーヌ様に使うというのか！」

「問題はないと言ったでしょ」

慌てるティセリーナに笑みを返し、セルフィスは黒光りする水晶――転移球に手を乗せて魔力を込める。

すると、転移球が音を立てて縦に割れ、その瞬間、三人の姿が消えた。

ガルベルは三人が消えた空間をしばらく見ていたが、やがて意を決したように頷くと、建物の奥へと消えていくのだった。

あとがき

この度は文庫版『超越者となったおっさんはマイペースに異世界を散策する5』を手に取っていただき、ありがとうございます。

今回は王都編の後編にあたる内容で、戦闘シーンの比率が異常に高い巻となりました。まあ、そのために四巻で多くの伏線を張り巡らせたわけです。

私は小説を書く時、主に頭の中に浮かぶキャラの動きを文章化しているのですが、この方法では戦闘シーンの文章表現はなかなか骨が折れます。なぜなら、敵味方の動きを一から十まで事細かく書いてしまうと、文章がダラダラと説明的になってしまい、戦闘にスピード感がなくなるからです。

他の作家の方々は、初めから絵コンテみたいに印象的な場面がいくつも脳裏に閃《ひらめ》くものなのでしょうか？　そんな高等技術のない私は、本作でも四苦八苦《しくはっく》しながら戦闘シーンを書いていたものです。振り返れば、今でも冷や汗が出てきます。

それから、このあとがきを書いていて、ヒイロにアホ毛が生えていることを、ふと思い出しました。いいえ、漫画版の方の話なんですけどね。

可愛いヒロインとかじゃなく、おっさんであるヒイロにアホ毛が！

と、単行本の五巻を執筆中に気付いて驚いたのでした。漫画版を読んだことのない方は、是非、一度手に取って確認していただければ嬉しい限りです。

さて、脱線《だっせん》を利用したちょっとばかりの漫画の宣伝はこのくらいにしまして……話を戻しましょう。

初めに記述した通り、この巻ではヒイロが、バーラットが、大暴れしております。とはいえ、ヒイロの方に関しては、彼の中にいる【超越者】と【全魔法創造】の御二方でしたけど。

以前からチョイチョイ出てはいましたが、彼らが何故あんな性格になったのか。

その疑問に答えてくれたのが独眼龍でした。ホクトーリクに棲むエンペラー種で、名前だけは二巻でチョロっと上げていた御仁《ごじん》です。

元々、登場させるつもりはなかったのですが、生き字引として丁度良いと思い、本作で彼らの前に現れてもらいました。

は～……登場人物が少ないと、あとがきが大変……などと愚痴りつつも、文字数が何とか埋まったので、次巻も手に取っていただけることを祈りつつこの辺で。神尾優でした。

二〇二一年八月　神尾優

大好評発売中！
累計600万部突破！
（電子含む）
ゲート SEASON1
大好評発売中！
コミックス
最新19巻
大好評発売中！
単行本
文庫
漫画
漫画：竿尾悟
●本編1～5／外伝1～4／外伝＋
●各定価：1870円（10%税込）
●本編1～5〈各上・下〉／
外伝1～4〈各上・下〉／外伝＋〈上・下〉
●各定価：660円（10%税込）
●1～19（以下、続刊）
●各定価：770円（10%税込）
スピンオフコミックスもチェック!!
ゲート featuring The Starry Heavens
原作：柳内たくみ
漫画：阿倍野ちゃこ
1～2
ゲート 帝国の薔薇騎士団 ピニャ・コ・ラーダ14歳
原作：柳内たくみ
漫画：志連ユキ枝
1～2
めい☆コン
原案：柳内たくみ
漫画：智
●各定価：748円（10%税込）

大ヒット
異世界×自衛隊 ファンタジー
ゲート
自衛隊 彼の海にて、斯く戦えり
GATE SEASON 2
1〜5
柳内たくみ 著
Yanai Takumi
1〜5巻
好評発売中！
文庫1〜2巻
（各上・下）
大好評発売中！
GATE ゲート SEASON 2
自衛隊 彼の海にて、斯く戦えり 1 抜錨編
柳内たくみ
上
下
『ゲート』シリーズ累計
ついに
500万部
突破！
海自編、待望の文庫化！
豪華賞品が当たる
●各定価：660円（10%税込） ●Illustration：黒獅子
ゲート SEASON 2 1.抜錨編
GATE
自衛隊 彼の海にて、斯く戦えり
柳内たくみ 著
舞台は異世界の海！ゲート海自編、ついに開幕！
海上自衛隊VS
異世界海賊＆海軍！
累計420万部！ 超スケールの自衛隊×異世界ファンタジー！
●各定価：1870円（10%税込）
●Illustration：Daisuke Izuka

アルファライト文庫

この作品に対する皆様のご意見・ご感想をお待ちしております。

おハガキ・お手紙は以下の宛先にお送りください。

【宛先】

〒150-6008 東京都渋谷区恵比寿 4-20-3 恵比寿ガーデンプレイスタワー 8F
（株）アルファポリス　書籍感想係

メールフォームでのご意見・ご感想は右のＱＲコードから、
あるいは以下のワードで検索をかけてください。

アルファポリス　書籍の感想　検索

ご感想はこちらから

本書は、2019 年 6 月当社より単行本として
刊行されたものを文庫化したものです。

超越者《ちょうえつしゃ》となったおっさんは
マイペースに異世界《いせかい》を散策《さんさく》する５

神尾優（かみお　ゆう）

2021年 8月 31日初版発行

文庫編集－中野大樹／宮田可南子
編集長－太田鉄平
発行者－梶本雄介
発行所－株式会社アルファポリス
〒150-6008東京都渋谷区恵比寿4-20-3恵比寿ガーデンプレイスタワー8F
TEL 03-6277-1601（営業） 03-6277-1602（編集）
URL https://www.alphapolis.co.jp/
発売元－株式会社星雲社（共同出版社・流通責任出版社）
〒112-0005東京都文京区水道1-3-30
TEL 03-3868-3275
装丁・本文イラスト－ユウナラ
文庫デザイン—AFTERGLOW
（レーベルフォーマットデザイン－ansyyqdesign）
印刷－中央精版印刷株式会社

価格はカバーに表示されてあります。

落丁乱丁の場合はアルファポリスまでご連絡ください。

送料は小社負担でお取り替えします。


ISBN978-4-434-29254-5 C0193